이솝 우화집

세계교양전집 44

이솝 우화집

이솝 지음
서나연 옮김

올리버

이솝 Aesop

· 차례 ·

1. 늑대와 양 11
2. 박쥐와 족제비 12
3. 당나귀와 매미 13
4. 사자와 생쥐 14
5. 숯장수와 마전장이 15
6. 아버지와 아들 16
7. 메뚜기 잡는 소년 17
8. 수탉과 보석 18
9. 사자의 왕국 19
10. 늑대와 두루미 20
11. 피리 부는 어부 21
12. 헤라클레스와 마부 22
13. 개미와 베짱이 23
14. 여행자와 개 24
15. 개와 그림자 25
16. 새끼 두더지와 어미 두더지 26
17. 녹농과 사자 27
18. 토끼와 거북이 28
19. 석류나무와 사과나무, 그리고 가시덤불 29
20. 농부와 황새 30
21. 농부와 뱀 31
22. 새끼 사슴과 어미 사슴 32
23. 곰과 여우 33
24. 제비와 까마귀 33
25. 진통하는 산 34
26. 당나귀와 여우와 사자 35
27. 거북이와 독수리 36
28. 파리와 꿀단지 37
29. 사람과 사자 38
30. 농부와 두루미 39
31. 여물통에 들어간 개 40
32. 여우와 염소 41
33. 곰과 두 여행자 43
34. 황소와 굴대 44
35. 말과 마부 44
36. 갈까마귀와 백조 45
37. 염소와 염소몰이꾼 46
38. 구두쇠 47
39. 아픈 사자 48
40. 목마른 비둘기 49
41. 당나귀와 강아지 50
42. 암사자 52
43. 떠버리 여행자 53
44. 고양이와 수탉 54
45. 과부와 어린 하녀들 54
46. 소년과 개암 55
47. 사랑에 빠진 사자 56
48. 오두막 주인과 뱀 57
49. 양의 탈을 쓴 늑대 58
50. 당나귀와 노새 59
51. 왕을 요청한 개구리 60
52. 소년과 개구리 61
53. 아픈 사슴 61
54. 소금 장수와 당나귀 62
55. 황소와 백정 63
56. 사자와 생쥐와 여우 64
57. 왕이 되고 싶었던 갈까마귀 65
58. 염소몰이꾼과 야생 염소 66
59. 버릇없는 개 67
60. 꼬리를 잃은 여우 68
61. 소년과 쐐기풀 69

62. 한 남자와 두 애인 70
63. 천문학자 71
64. 늑대와 양 72
65. 노파와 의사 73
66. 싸움닭과 독수리 74
67. 군마(軍馬)와 방앗간 주인 75
68. 여우와 원숭이 76
69. 군마와 기병 77
70. 배와 그 외 다른 신체 기관들 78
71. 포도나무와 염소 79
72. 유피테르와 원숭이 80
73. 새끼 돼지와 양과 염소 81
74. 양치기 소년과 늑대 82
75. 고양이와 새 83
76. 새끼 염소와 늑대 84
77. 황소와 개구리 85
78. 양치기와 늑대 86
79. 아버지와 두 딸 87
80. 농부와 아들 88
81. 새끼 게와 어미 게 89
82. 암송아지와 황소 90
83. 제비와 뱀과 법정 91
84. 도둑과 어머니 92
85. 노인과 죽음 93
86. 전나무와 가시덤불 94
87. 쥐와 개구리와 매 95
88. 개에게 물린 사람 96
89. 두 개의 항아리 97
90. 늑대와 양 98
91. 에티오피아 사람 99
92. 어부와 그물 99
93. 사냥꾼과 어부 100
94. 노파와 술 단지 101

95. 여우와 까마귀 102
96. 개 두 마리 103
97. 외양간에 들어간 수사슴 104
98. 사냥꾼과 나무꾼 106
99. 과부와 양 107
100. 야생 당나귀와 사자 108
101. 독수리와 화살 109
102. 병든 솔개 110
103. 사자와 돌고래 111
104. 사자와 멧돼지 112
105. 외눈의 암사슴 113
106. 양치기와 바다 114
107. 당나귀와 수탉과 사자 115
108. 쥐와 족제비 116
109. 쥐들의 회의 117
110. 늑대와 번견 118
111. 강과 바다 119
112. 철부지 당나귀 119
113. 세 장인 120
114. 개와 주인 121
115. 늑대와 양치기 122
116. 돌고래와 고래와 멸치 122
117. 목상을 나르는 당나귀 123
118. 두 여행자와 도끼 124
119. 나이 든 사자 125
120. 나이 든 사냥개 126
121. 벌과 유피테르 127
122. 우유 짜는 여자와 양동이 128
123. 바닷가의 여행자들 129
124. 대장장이와 개 130
125. 당나귀와 그림자 131
126. 당나귀와 주인 132
127. 참나무와 갈대 133

128. 어부와 작은 물고기 134
129. 매와 솔개와 비둘기 135
130. 멧돼지와 여우 135
131. 농장에 간 사자 136
132. 메르쿠리우스와 조각가 137
133. 백조와 거위 138
134. 배부른 여우 139
135. 여우와 나무꾼 140
136. 새 사냥꾼과 자고새와 수탉 141
137. 원숭이와 어부 142
138. 벼룩과 격투기 선수 143
139. 개구리 두 마리 144
140. 고양이와 쥐 145
141. 사자와 곰과 여우 146
142. 암사슴과 사자 147
143. 농부와 여우 148
144. 갈매기와 솔개 148
145. 철학자와 개미와 메르쿠리우스 149
146. 쥐와 황소 150
147. 사자와 토끼 151
148. 농부와 독수리 152
149. 메르쿠리우스 조각상과 목수 153
150. 황소와 염소 154
151. 춤추는 원숭이 155
152. 여우와 표범 156
153. 어미 원숭이와 새끼들 156
154. 대머리 기사 157
155. 토끼와 사냥개 157
156. 여행자와 행운 158
157. 참나무와 유피테르 159

158. 양치기와 개 160
159. 등잔 160
160. 사자와 여우와 당나귀 161
161. 황소와 암사자와 멧돼지 사냥꾼 162
162. 참나무와 나무꾼 162
163. 암탉과 황금알 163
164. 당나귀와 개구리 164
165. 까마귀와 갈까마귀 165
166. 나무와 도끼 166
167. 게와 여우 167
168. 여자와 암탉 167
169. 당나귀와 나이 든 목자 168
170. 솔개과 백조 169
171. 늑대와 양치기 개 170
172. 토끼와 여우 171
173. 궁수와 사자 172
174. 낙타 173
175. 말벌과 뱀 173
176. 개와 토끼 174
177. 황소와 송아지 175
178. 사슴과 늑대와 양 175
179. 공작과 두루미 176
180. 여우와 고슴도치 177
181. 독수리와 고양이와 암컷 멧돼지 178
182. 도둑과 여관 주인 179
183. 노새 181
184. 호두나무 181
185. 뱀과 독수리 182
186. 까마귀와 물항아리 183
187. 개구리 두 마리 184
188. 늑대와 여우 185

189. 수사슴과 포도나무 186
190. 모기와 사자 187
191. 원숭이와 돌고래 188
192. 까치와 비둘기 189
193. 말과 수사슴 190
194. 새끼 염소와 늑대 191
195. 예언자 192
196. 여우와 원숭이 193
197. 도둑과 번견 194
198. 사람과 말과 황소와 개 195
199. 원숭이와 두 여행자 196
200. 늑대와 양치기 197
201. 토끼와 사자 198
202. 어미 종달새와 새끼들 199
203. 여우와 사자 200
204. 족제비와 생쥐 201
205. 목욕하는 소년 202
206. 당나귀와 늑대 203
207. 조각상 장수 204
208. 여우와 포도 205
209. 남편과 아내 206
210. 공작과 유노 207
211. 매와 밤꾀꼬리 208
212. 개와 수탉과 여우 209
213. 늑대와 염소 210
214. 사자와 황소 211
215. 염소와 당나귀 212
216. 도시 쥐와 시골 쥐 213
217. 늑대와 여우와 원숭이 215
218. 파리와 짐 끄는 노새 216
219. 어부 217
220. 사자와 황소 세 마리 218
221. 새 사냥꾼과 독사 219
222. 말과 당나귀 220
223. 여우와 가면 221
224. 거위와 두루미 222
225. 눈먼 사람과 새끼 늑대 222
226. 개와 여우 223
227. 의사가 된 구두 수선공 224
228. 늑대와 말 225
229. 아들과 딸 226
230. 말벌과 자고새와 농부 227
231. 까마귀와 메르쿠리우스 228
232. 북풍과 태양 229
233. 원수 사이 230
234. 싸움닭과 자고새 231
235. 돌팔이 의사 개구리 232
236. 사자와 늑대와 여우 233
237. 개집 234
238. 늑대와 사자 234
239. 새와 길짐승과 박쥐 235
240. 씀씀이 헤픈 청년과 제비 236
241. 여우와 사자 236
242. 부엉이와 새 237
243. 포로가 된 나팔수 238
244. 사자 가죽을 쓴 당나귀 239
245. 참새와 토끼 240
246. 벼룩과 황소 241
247. 좋은 일과 나쁜 일 242
248. 비둘기와 까마귀 243
249. 메르쿠리우스와 나무꾼 244
250. 독수리와 갈가마귀 246
251. 여우와 두루미 247
252. 유피테르와 넵투누스와
     미네르바와 모모스 248
253. 독수리와 여우 249

254. 인간과 사티로스 250
255. 당나귀와
　　　당나귀를 사려는 사람 251
256. 자루 두 개 252
257. 연못가의 수사슴 253
258. 갈까마귀와 여우 254
259. 아버지를 묻은 종달새 255
260. 모기와 황소 256
261. 어미 개와 새끼들 257
262. 개와 소가죽 257
263. 양치기와 양 258
264. 메뚜기와 부엉이 259
265. 원숭이와 낙타 260
266. 농부와 사과나무 261
267. 두 병사와 강도 262
268. 신에게 보호받는 나무 263
269. 어머니와 늑대 264
270. 당나귀와 말 265
271. 진실과 여행자 265
272. 살인자 266
273. 사자와 여우 267
274. 사자와 독수리 268
275. 암탉과 제비 268
276. 어릿광대와 촌부 269
277. 까마귀와 뱀 271
278. 사냥꾼과 말 탄 사람 271
279. 왕의 아들과 사자 그림 272
280. 고양이와 비너스 273
281. 암염소와 턱수염 274
282. 낙타와 아랍인 274
283. 방앗간 주인과 아들,
　　　그리고 당나귀 275
284. 까마귀와 양 277

285. 여우와 가시덤불 278
286. 늑대와 사자 278
287. 개와 굴 279
288. 개미와 비둘기 280
289. 자고새와 새 사냥꾼 281
290. 벼룩과 사람 282
291. 도둑과 수탉 283
292. 개와 요리사 284
293. 여행자와 플라타너스 285
294. 토끼와 개구리 286
295. 사자와 유피테르와 코끼리 287
296. 새끼 양과 늑대 288
297. 부자와 무두장이 288
298. 바다와 조난자 289
299. 노새와 강도 290
300. 독사와 줄칼 291
301. 사자와 양치기 292
302. 낙타와 유피테르 293
303. 태양에 불평하는 개구리 293
304. 표범과 양치기 294
305. 당나귀와 군마 295
306. 독수리와 포획자 296
307. 대머리 남자와 파리 297
308. 올리브나무와 무화과나무 298
309. 독수리와 솔개 299
310. 당나귀와 몰이꾼 300
311. 개똥지빠귀와 새 사냥꾼 300
312. 장미와 아마란스 301

1.
늑대와 양

늑대가 우리를 벗어난 어린 양과 마주쳤다. 양을 난폭하게 다루지 않기로 마음먹은 늑대는 자신이 양을 먹는 게 정당하다고 우길 만한 구실을 찾았다. "이 녀석, 네가 작년에 나에게 몹시 무례하게 굴었지." 어린 양은 애처로운 목소리로 울먹이며 말했다. "설마요, 저는 그때 태어나지도 않았는걸요." 그러자 늑대가 말했다. "네가 내 풀밭에서 풀을 뜯어 먹었잖아." 어린 양은 대답했다. "아니에요, 선생님. 저는 아직 풀을 맛보지도 못했어요." 늑대가 다시 말했다. "네가 내 우물물을 마셨잖아." 어린 양은 외쳤다. "아니에요, 저는 아직까지 물을 마셔본 적두 없다고요. 여태껏 저에게는 엄마 젖이 밥이자 물이라고요." 결국 늑대는 양을 덮쳐 잡아먹으며 말했다. "뭐, 좋아! 네가 내 말에 다 반박한다고 해도 나는 저녁을 굶지는 않을 테니까!"

폭군은 언제든 자신의 폭정에 대한 구실을 찾아낼 것이다.

2.
박쥐와 족제비

박쥐가 땅에 떨어졌다가 그만 족제비에게 잡히고 말았다. 박쥐는 족제비에게 제발 목숨만 살려달라고 간청했다. 족제비는 자신은 본래 새의 천적이라고 말하며 박쥐의 부탁을 거절했다. 그러자 박쥐는 자신은 새가 아니라 쥐라고 말했고, 그 덕분에 풀려날 수 있었다. 얼마 후에 박쥐가 다시 땅에 떨어졌는데, 다른 족제비에게 잡히고 말았다. 이번에도 박쥐는 자신을 먹지 말아달라고 족제비에게 부탁했다. 이 족제비는 자신은 쥐라면 특히 질색한다고 말했다. 그러자 박쥐는 자신은 쥐가 아니라 새라고 말해서 두 번째로 빠져나갔다.

상황을 잘 이용하는 것은 현명한 행동이다.

3.
당나귀와 매미

어느 당나귀가 매미들이 노래하는 소리에 흠뻑 빠지고 말았다. 매미처럼 노래하고 싶었던 당나귀는 그렇게 아름다운 목소리를 가지려면 무엇을 먹어야 하는지 매미에게 물어보았다. 매미는 '이슬'이라고 대답했다. 당나귀는 그때부터 이슬만 먹겠다고 결심했고, 얼마 지나지 않아서 굶어죽고 말았다.

4.
사자와 생쥐

낮잠을 달게 자던 사자가 생쥐 한 마리가 얼굴 위로 지나가는 바람에 깨버렸다. 화가 난 사자가 생쥐를 붙잡아 죽이려고 했는데, 생쥐가 애처롭게 간청하며 이렇게 말했다. "목숨만 살려주시면 반드

시 이 은혜를 갚겠습니다." 사자는 어처구니없다는 듯이 웃음을 터뜨리며 생쥐를 놓아주었다. 얼마 지나지 않아 사냥꾼에게 잡힌 사자는 튼튼한 밧줄로 꽁꽁 묶여 꼼짝하지 못하게 되었다. 그때 사자의 울부짖는 소리를 들은 생쥐가 나타나 이빨로 밧줄을 갉아 풀어주며 이렇게 말했다. "당신은 내가 은혜를 갚을 수 있으리라고는 기대도 하지 않고, 내가 감히 보답하겠다고 했을 때 나를 비웃었지요. 하지만 이제는 생쥐도 사자를 도울 수 있다는 걸 알았겠죠."

5.
숯장수와 마전장이

집에서 숯을 만들어 팔던 숯장수가 어느 날 마전장이* 친구를 만났다. 그는 친구에게 둘이 함께 살면 서로 더 친해지고 생활비도 줄일 수 있을 거라고 말했다. 마전장이는 이렇게 대답했다. "그건 불가능할 것 같군. 뭐든 내가 하얗게 만들어놓으면 자네가 숯으로 금방 시커멓게 물들여버릴 테니까."

서로 비슷한 점이 있어야 끌린다.

---

* 천을 희게 표백하는 일을 하는 사람.

6.
아버지와 아들

어느 아버지한테 늘 다투기만 하는 아들들이 있었다. 아무리 타일러도 사이가 좋아지지 않자, 그는 아들들에게 서로 화합하지 못하면 어떤 일이 벌어지는지 직접 보여주기로 마음먹었다. 그래서 하루는 형제들에게 나뭇단 한 묶음을 가져오게 하였다. 그는 나뭇단을 형제들 손에 차례로 쥐여주고는 부러뜨려보라고 했다. 형제들이 있는 힘껏 부러뜨려보려고 했지만, 나뭇단은 부러지지 않았다. 이번에는 아버지가 나뭇단을 풀어 가지 하나씩을 형제들에게 건넨다. 그러자 나뭇가지는 너무 쉽게 부러져버렸다. 아버지는 아들들에게 이렇게 말했다. "얘들아, 너희가 하나가 되어 서로 돕는다면 이 나뭇단처럼 적이 어떠한 시도를 하더라도 너희에게 해를 끼치지 못할 것이다. 하지만 너희가 화합하지 못하고 뿔뿔이 흩어져 있다면 이 나뭇가지처럼 손쉽게 부러지고 말 것이다."

7.
메뚜기 잡는 소년

  어떤 소년이 메뚜기를 잡고 있었다. 꽤 여러 마리의 메뚜기를 잡다보니, 전갈을 메뚜기로 착각하여 손을 뻗어 잡으려고 했다. 그러자 전갈이 독침을 내보이며 이렇게 말했다. "나를 건드렸다가는 나를 잡기는커녕 네가 잡은 메뚜기까지 죄다 놓치고 말 거야!"

8.
수탉과 보석

수탉이 암탉들과 함께 먹으려고 모이를 찾다가 귀한 보석을 발견하고 소리쳤다. "내가 아니라 네 주인이 너를 발견했더라면 너를 가져다가 다시 제자리에 돌려놓았겠지. 하지만 내게는 아무 소용이 없구나. 나는 이 세상 어떤 보석보다도 보리 낟알 하나가 더 갖고 싶단다."

9.
사자의 왕국

숲과 들판의 동물들이 사자를 왕으로 맞이했다. 사자는 심하게 화내는 법도 없고 잔인하거나 포악하게 구는 일도 없었으며, 왕답게 공정하고 너그러웠다. 사자왕은 자신이 통치하는 동안 포고문을 내려 모든 날짐승과 길짐승이 모이는 회의를 열었고, 늑대와 어린 양, 표범과 어린 염소, 호랑이와 사슴, 개와 토끼가 모두 함께 어울려 평화롭고 사이좋게 살아가도록 규약을 마련했다. 토끼는 이렇게 말했다. "아, 이런 날을 얼마나 고대했던가! 약한 자도 아무 두려움 없이 강한 자의 곁에 자리하는 날을!" 그러고는 말을 끝내자마자 필사적으로 도망쳤다.

10.
늑대와 두루미

늑대 목구멍에 뼈가 걸렸다. 그는 두루미에게 목구멍 안으로 머리를 넣어 뼈를 꺼내주면 큰 사례를 하겠다고 약속했다. 그래서 두루미가 뼈를 꺼내주고는 약속한 대가를 달라고 하자, 늑대가 이를 드러내더니 히죽거리며 말했다. "아니, 대가는 이미 충분히 받았잖아. 늑대 입에서 네 머리가 무사히 나오게 해줬으니 말이야."

악한 자를 도울 때는 아무런 보상도 기대하지 말고
그저 해를 입지 않은 것을 다행으로 여겨라.

11.
피리 부는 어부

음악에 능한 어부가 피리와 그물을 가지고 바닷가로 나갔다. 그는 툭 불거져 나온 바위에 서서 여러 곡을 연주하며 피리 소리에 홀린 물고기가 저절로 아래쪽에 놓아둔 그물 속으로 들어오기를 기대했다. 한참을 헛되이 기다린 끝에 그는 결국 피리를 한쪽으로 치우더니 바다에 그물을 던졌고, 물고기를 아주 많이 잡았다. 바위 위로 끌어올린 그물 속에서 펄떡거리는 물고기를 본 어부는 이렇게 말했다. "이런 심술궂은 녀석들 같으니라고! 내가 피리를 불 때는 춤추지 않더니, 연주를 멈추니 이제야 즐겁게 춤을 추는구나."

12.
헤라클레스와 마부

농부가 수레를 끌고 시골길을 가는데 바퀴가 구렁에 빠져버렸다. 어리숙한 농부는 놀라서 어안이 벙벙해진 채로 수레를 바라보면서 헤라클레스에게 도와달라고 큰 소리로 기도만 하고 있었다. 그러자 헤라클레스가 나타나 이렇게 말했다고 한다. "인간이여, 있는 힘껏 바퀴를 밀어내야지, 소도 채찍질하고 말이야. 스스로 최선을 다하기 전까지는 내게 도와달라는 기도는 하지 말게나. 그렇지 않으면 자네 기도는 아무 소용도 없을 거라네."

스스로 돕는 것이 최선의 도움이다.

13.

개미와 베짱이

어느 맑은 겨울날 개미가 여름에 모아둔 낟알을 말리고 있었다. 그때 굶주림에 허덕이던 베짱이가 지나가다가 먹을 것을 조금만 달라고 애처롭게 사정했다. 개미는 베짱이에게 이렇게 물었다. "왜 여름에 먹을 것을 모아두지 않았어?" 베짱이가 대답했다. "그럴 틈이 없었어. 날마다 노래를 부르며 지냈거든." 그러자 개미가 조롱하듯 말했다. "그렇게 어리석어서 여름 내내 노래만 불렀다면 겨울에는 저녁도 거르고 춤추다가 잠들어야지."

14.

여행자와 개

이제 막 여행을 떠나려는 사람이 자기 개가 몸을 길게 뻗은 채 문 앞에 있는 것을 보았다. 그는 개에게 이렇게 물었다. "왜 거기서 입만 벌리고 서 있는 거냐? 너만 빼고 다 준비되었으니 이제 나와 함께 가자." 개가 꼬리를 흔들며 대답했다. "주인님, 저는 다 준비됐어요! 전 주인님을 기다리고 있었던 거예요."

게으른 자는 늦어진 책임을
더 부지런한 친구에게 돌리곤 한다.

15.
개와 그림자

어떤 개가 입에 고깃덩어리를 문 채 다리를 건너다가 물에 비친 자신의 그림자를 보았다. 개는 그것을 제 것의 두 배 정도 되는 고기를 물고 있는 다른 개로 착각했다. 개는 더 큰 고기를 먹고 싶다는 생각에 제 고기를 입에서 놓고 그 개에게 사납게 덤벼들었다. 결국 개는 두 개 다 놓치고 말았다. 빼앗으려던 고기는 그림자일 뿐이었고, 원래 물고 있던 고기는 물에 떠내려갔기 때문이다.

16.
새끼 두더지와 어미 두더지

두더지는 날 때부터 앞을 잘 보지 못하는 동물인데, 어느 날은 새끼 두더지가 어미에게 이렇게 말했다. "엄마, 저는 앞을 볼 수 있어요!" 어미 두더지는 착각을 일깨워주려고, 유향* 몇 알을 새끼 두더지 앞에 놓아두고 물었다. "이게 뭔지 알겠니?" 새끼 두더지가 대답했다. "조약돌이에요." 그러자 어미는 이렇게 말했다. "얘야, 너는 앞만 보지 못하는 게 아니라 냄새도 맡지 못하는 것 같구나."

---

* 제사 때 향료나 성유로 쓰거나 약재로 쓰던 귀한 재료로, 동방박사가 예수에게 황금과 몰약과 함께 선물한 것.

17.
목동과 사자

숲에서 소를 돌보던 목동이 수송아지 한 마리를 잃어버렸다. 한참을 찾았지만 허사로 돌아가자, 목동은 송아지를 훔쳐간 도둑을 찾을 수만 있다면 헤르메스*와 판**, 숲의 수호신들께 어린 양을 제물로 바치겠다고 맹세했다. 오래 지나지 않아 그는 작은 언덕을 오르다 기슭에서 웬 사자가 자신이 잃어버린 송아지를 잡아먹고 있는 것을 보았다. 겁에 질린 목동은 하늘을 향해 두 손을 쳐들고 말했다. "지금까지는 도둑만 잡으면 숲의 수호신들께 어린 양을 바치겠다고 맹세했지만, 이제 도둑을 찾았으니 잃어버린 송아지에다가 다 자란 황소까지 기꺼이 더해서 바치겠습니다. 제가 사자한테서 무사히 도망칠 수만 있다면 말입니다."

---

* 그리스 신화에 나오는 신으로, 신의 세계와 인간의 세계를 넘나드는 전령이자 목축과 상업 등을 관장한다. 어릴 때 아폴론의 소 떼를 훔친 적이 있다.
** 그리스 신화에서 목동과 가축의 신이며, 반인반수의 모습으로 등장한다. 헤르메스의 아들로 보기도 한다.

18.
토끼와 거북이

하루는 토끼가 거북이한테 다리가 짧고 걸음이 느리다고 비웃었다. 거북이는 웃으면서 이렇게 답했다. "네가 아무리 바람처럼 빠르다고 해도 경주에서는 내가 너를 이길 거야." 그런 일은 있을 수 없다고 믿은 토끼는 거북이의 경주 제안을 받아들였다. 둘은 여우에게 경주로와 결승점을 정하도록 했다. 경주 날이 되어 토끼와 거북이는 동시에 출발했다. 거북이는 한순간도 멈추지 않고 느리지만 꾸준하게 끝까지 나아갔다. 그런데 토끼는 길가에 드러누웠다가 깊이 잠들어 버렸다. 마침내 깨어난 토끼가 있는 힘껏 빠르게 달렸지만, 거북이는 이미 결승점에 도착해 곤히 자고 있었다.

느리더라도 꾸준한 자가 경주에서 승리한다.

19.
석류나무와 사과나무, 그리고 가시덤불

　석류나무와 사과나무가 서로 누가 더 아름다운지를 두고 다투었다. 싸움이 한껏 달아오르자 근처 울타리에 있던 가시덤불이 으스대면서 목소리를 높였다. "친구들이여, 적어도 내 앞에서는 그런 헛된 다툼일랑 제발 그만들 두게나."

20.
농부와 황새

농부가 새로 씨를 뿌린 밭에 그물을 쳐 두고, 씨앗을 쪼아먹는 두루미를 여러 마리 잡았다. 그중에는 두루미와 함께 그물에 걸려 다리가 부러진 황새도 있었다. 황새는 농부에게 살려달라고 애원했다. "부디 살려주세요. 이번 한 번만 놓아주세요. 이렇게 다리가 부러졌는데 가엾게 여겨주세요. 게다가 저는 두루미가 아니라 성품 좋은 황새랍니다. 제가 부모를 얼마나 헌신적으로 섬기는지 보세요. 제 깃털도 봐주세요. 두루미와는 비슷하지도 않잖아요." 그러자 농부가 큰 소리로 웃으며 말했다. "네 말이 다 맞을지도 모르지. 하지만 내가 아는 건, 너는 도둑질하는 두루미들과 함께 잡혔으니 그들과 함께 죽어야 한다는 사실뿐이란다."

같은 깃털을 가진 새들끼리 모이기 마련이다.

21.
농부와 뱀

어느 겨울에 농부가 추위로 뻣뻣하게 얼어붙은 뱀을 발견했다. 이를 불쌍히 여긴 농부는 뱀을 가슴에 안고 품어 주었다. 온기 덕분에 금방 깨어난 뱀은 타고난 본성을 되찾아 생명의 은인인 농부를 물어버렸다. 치명적인 상처를 입은 농부는 마지막 숨을 몰아쉬며 이렇게 외쳤다. "아, 사악한 자를 불쌍히 여겼으니, 이런 일을 당해 마땅하지."

아무리 대단한 은혜라도 배은망덕한 자를 얽매지는 못한다.

22.
새끼 사슴과 어미 사슴

새끼 사슴이 어미 사슴에게 물었다. "엄마는 개보다 크고 날랜 데다 달리기도 더 잘하잖아요. 게다가 뿔로 막을 수도 있는데, 왜 사냥개를 그렇게 두려워하는 거예요?" 어미 사슴이 빙그레 웃으며 말했다. "얘야, 네 말이 다 맞단다. 네 말대로 그런 장점들이 있지. 하지만 개 짖는 소리만 들려도 곧 정신을 잃을 것 같은걸. 그래서 있는 힘껏 빠르게 달아나는 거란다."

어떤 논리로도 겁쟁이에게 용기를 줄 수는 없다.

23.
곰과 여우

곰이 자신의 인류애를 뽐내며 말했다. 그 어떤 동물보다도 자신이 가장 인간에게 친절하다며, 인간을 존중해서 죽은 인간의 몸은 건드리지도 않는다는 것이었다. 이 말을 듣고 있던 여우가 웃으면서 곰에게 말했다. "아이고! 산 사람을 먹지 않고 차라리 죽은 사람을 먹으면 좋을 텐데…."

24.
제비와 까마귀

제비와 까마귀가 서로의 깃털에 대해 옥신각신하고 있었다. 까마귀는 이렇게 말하며 말다툼을 끝내버렸다. "네 깃털은 봄에 아주 근사하지만, 내 깃털은 겨울에 나를 지켜줘."

좋은 시절에 함께한 친구는 그다지 도움이 되지 않는다.

25.

진통하는 산

한번은 산이 크게 요동쳤다. 요란한 신음과 굉음이 들려오자 사람들이 무슨 일인지 보려고 사방에서 몰려들었다. 사람들이 끔찍한 재앙을 걱정하며 초조하게 기다리는 가운데, 산에서 나온 것은 생쥐 한 마리였다.

아무것도 아닌 일로 호들갑 떨지 마라.

26.
당나귀와 여우와 사자

당나귀와 여우가 동맹을 맺어 서로를 지켜주기로 하고, 숲으로 사냥을 나갔다. 얼마 가지 않았는데 사자가 나타났다. 위기를 느낀 여우는 사자에게 다가가 자신을 해치지 않겠다고 약속하면 당나귀를 잡아먹게 해주겠다고 말했다. 그러고는 아무 일도 없을 거라고 당나귀를 안심시켜서 깊은 구덩이에 빠지게 했다. 사자는 당나귀가 꼼짝없이 갇혀 있는 것을 보자마자 곧바로 여우를 덮쳤고, 느긋하게 당나귀까지 잡아먹었다.

27.
거북이와 독수리

한가롭게 햇볕을 쬐던 거북이가 바닷새에게 불평을 늘어놓았다. 아무도 자신에게 나는 법을 가르쳐주지 않는다는 것이었다. 근처를 날고 있던 독수리가 그 소리를 듣고 거북이에게 하늘을 날 수 있게 해주면 무엇을 대가로 줄 것인지 물었다. "홍해의 모든 보물을 드릴게요." 거북이가 이렇게 대답했다. "그렇다면 내가 나는 법을 가르쳐주지." 독수리가 이렇게 말하고는 거북이를 발톱으로 붙잡아 구름에 닿을 듯이 높이 올라가는가 싶더니 이내 놓아 버렸다. 높은 산에 내동댕이쳐진 거북이는 등딱지가 산산조각이 났다. 숨이 끊어지는 순간 거북이는 이렇게 소리쳤다. "땅에서 돌아다니기도 힘든 내가 어쭙잖게 날개와 구름이라니, 이런 운명을 맞는 게 마땅하구나."

원하는 대로 다 얻는다면 몰락해버릴 수도 있다.

28.
파리와 꿀단지

　가정부의 방에 꿀단지가 엎질러져 파리가 꼬였다. 파리는 꿀단지에 발을 담근 채 게걸스럽게 꿀을 먹고 있었다. 하지만 끈적끈적하게 묻은 꿀 때문에 날갯짓을 할 수도, 빠져나갈 수도 없게 되자 곧 숨이 막혀 왔다. 마지막 숨이 다하기 직전에 파리가 이렇게 외쳤다. "너무나 어리석었구나. 사소한 쾌락 때문에 죽음을 자초하다니."

　쾌락을 위해 고통을 불사하다가는 결국 화를 입는다.

29.
사람과 사자

사람과 사자가 함께 숲을 지나게 되었다. 그들은 이내 서로 자기 쪽이 더 힘이 세고 더 용맹하다고 자랑하기 시작했다. 그렇게 다투던 중에 돌로 만든 조각상을 만나게 되었다. '사람에게 목이 졸린 사자'를 조각한 것이었다. 여행자는 조각상을 가리키며 이렇게 말했다. "저걸 보라고, 우리가 얼마나 강한지! 짐승의 왕까지 제압하잖아." 그러자 사자는 이렇게 대답했다. "저 조각상은 사람이 만든 거잖아. 우리가 조각상을 세울 줄 알았다면 사자의 발 아래 깔린 사람을 보게 되었을걸."

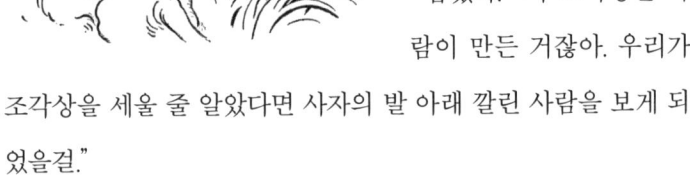

한쪽 이야기만 들어서는 알 수 없다.

30.
농부와 두루미

새로 씨를 뿌린 밀밭에 두루미가 먹이를 찾아 날아들었다. 한동안 농부는 빈 새총만 휘두르며 겁을 주어 두루미를 쫓아냈다. 하지만 두루미는 농부가 새총을 쏘지 않는다는 것을 알아챈 뒤로 좀처럼 자리를 뜨지 않았다. 결국 농부는 새총에 돌을 넣고 쏘아 수많은 두루미를 죽였다. 살아남은 새들은 곧바로 농부의 밭을 떠나면서 이렇게 외쳤다. "이제 릴리퍼트*로 떠날 때가 되었어. 농부가 겁만 주는 게 아니라 진짜 실력 행사에 나섰잖아."

말이 통하지 않으면 행동이 따라야 한다.

---

* 릴리퍼트는 조너선 스위프트의 《걸리버 여행기》에 등장하는 소인국이다. 다른 판본에서는 릴리퍼트 대신 '피그미들의 땅'으로 표현되기도 한다. 이는 농부처럼 실제로 해를 가할 수 있는 대상이 없는 안전한 곳을 뜻한다.

31.
여물통에 들어간 개

개 한 마리가 여물통 안에서 물어뜯을 듯이 으르렁대며 소들이 여물을 먹지 못하게 만들었다. "이 개는 정말 제멋대로네!" 어떤 소가 다른 소에게 말했다. "자기는 먹지도 못할 여물이건만 우리까지 못 먹게 하네."

32.

여우와 염소

어느 날 깊은 우물에 빠진 여우가 탈출할 방법을 찾지 못하고 있었다. 때마침 갈증에 시달리던 염소가 그 우물에 왔다가 여우를 보고는 물맛이 괜찮은지 물었다. 여우는 자신의 안타까운 처지를

숨긴 채 명랑한 얼굴로, 물맛이 놀랍도록 좋다고 아낌없이 칭찬을 쏟아내며 염소가 내려오도록 부추겼다. 목마름을 해결할 생각에 사로잡혀 있던 염소는 그 말만 믿고 경솔하게 뛰어내렸다. 염소가

물을 마시자마자 여우는 그제야 자기들이 곤경에 처했다는 사실을 밝히고 함께 탈출하자며 한 가지 계획을 제안했다. "네가 우물 벽에 앞발을 대고 서서 머리를 구부리고 있으면 내가 네 등을 타고 올라가서 밖으로 나갈 거야. 그런 다음에 네가 나오는 걸 도와줄게." 염소가 동의하자, 여우가 염소의 등에 뛰어올랐다. 염소의 뿔을 잡고 몸을 가눈 여우는 무사히 우물 입구에 다다랐고, 있는 힘을 다해 빠르게 달아났다. 약속을 어겼다고 비난하는 염소의 목소리가 들리자 여우는 뒤를 돌아보며 소리쳤다. "이 어리석은 늙은이야! 네 수염의 터럭만큼이라도 생각이 있었다면 올라올 방법도 모르면서 무턱대고 내려오지는 않았겠지. 그러게 애초에 빠져나올 길 없는 위험에 스스로 뛰어들지는 말았어야지."

무턱대고 뛰어들지 말라.

33.
곰과 두 여행자

두 사람이 함께 여행하는데, 갑자기 곰이 나타났다. 한 사람은 재빨리 나무에 올라가 가지 사이에 숨었다. 다른 사람은 공격당할 것을 알고 바닥에 납작 엎드렸다. 곰이 다가와서 코를 킁킁거리며 여기저기 냄새를 맡아보는 동안 그는 안간힘을 다해 숨을 참고 죽은 척했다. 곰은 죽은 사람을 건드리지 않는다더니 과연 곧 자리를 떠났다. 곰이 완전히 사라지자, 나무에 올라갔던 사람이 내려와서는 친구에게 곰이 귀에다 대고 무슨 말을 속삭였냐고 물었다. 그러자 친구는 이렇게 대답했다. "충고를 해주더군. 위험이 닥쳤을 때 나를 버리고 가는 친구와는 절대로 함께 다니지 말라고 말이야."

우정의 진실성은 불행이 닥쳤을 때 판가름 난다.

34.
황소와 굴대

　황소 여러 마리가 시골길을 따라 묵직한 수레를 끌고 있었다. 바퀴의 굴대가 끼끼거리면서 심하게 삐걱거리자 소들이 돌아보며 바퀴한테 말했다. "이봐! 왜들 그렇게 시끄러운 소리를 내는 거야? 힘든 일은 우리가 다 하는데, 비명을 지르더라도 너희가 아니라 우리가 질러야지."

　　　　가장 고통받는 자들이 가장 적게 소리친다.

35.
말과 마부

　마부는 온종일 말을 빗질하고 닦아주면서도, 정작 말이 먹을 귀리는 훔쳐다 팔아 돈벌이를 했다. 말은 이렇게 말했다. "아! 정말로 내가 튼튼해지기를 바란다면 그렇게 자주 빗질만 할 게 아니라 먹이를 더 주세요."

36.
갈까마귀와 백조

백조를 본 갈까마귀는 자기도 백조처럼 아름다운 깃털을 갖고 싶어졌다. 백조가 그토록 눈부시게 하얀 것은 물에서 헤엄치며 몸을 씻기 때문이라고 생각한 갈까마귀는, 먹이를 구하던 제단을 떠나 호수와 연못이 있는 곳에 자리를 잡았다. 하지만 아무리 자주 깃털을 씻어도 색은 바뀌지 않았고, 갈까마귀는 결국 먹이를 구하지 못해 굶어죽고 말았다.

습관을 바꾼다고 본성이 바뀌지는 않는다.

37.
염소와 염소몰이꾼

염소몰이꾼이 무리에서 떨어져 나온 염소를 데려오려고 했다. 휘파람을 불고 뿔피리를 불어보았지만 헛수고였다. 뒤처진 염소는 염소몰이꾼이 부르는 소리를 전혀 신경 쓰지 않았다. 결국 화가 난 염소몰이꾼은 돌을 던져 염소의 뿔을 부러뜨리고 말았다. 당황한 염소몰이꾼은 주인에게는 말하지 말아달라고 염소에게 간청했다. 그러자 염소는 이렇게 대답했다. "이 어리석은 사람아, 내가 입을 다물어도 뿔을 보면 저절로 알 수 있지 않겠나."

숨길 수 없는 것을 숨기려고 하지 마라.

38.
구두쇠

어느 구두쇠가 가진 재산을 모두 팔아 금덩어리를 사서 오래된 담장 옆 구덩이에 묻어두고 날마다 보러 갔다. 일꾼 한 명이 구두쇠가 자주 담장 쪽으로 가는 것을 눈치채고는 그의 움직임을 몰래 지켜보기로 했다. 곧 보물이 숨겨져 있다는 사실을 알아낸 일꾼은 땅을 파서 금덩어리를 찾아내 훔쳐가 버렸다. 얼마 후 담장을 찾은 구두쇠는 빈 구덩이를 발견하고는 머리를 쥐어뜯으며 큰 소리로 한탄을 쏟아냈다. 슬픔에 빠진 구두쇠를 본 이웃이 자초지종을 듣고는 이렇게 말했다. "그렇게 슬퍼하지 마시오. 돌덩이 하나를 가져다가 구덩이에 넣어두고, 지금도 거기에 금덩어리가 있다고 생각해 봐요. 금덩어리가 있을 때랑 다를 바가 없을 거요. 금덩어리가 있을 때도 선생은 전혀 쓰지 않았으니 없는 거나 마찬가지였잖소."

39.

아픈 사자

사자가 늙고 기운이 없어 더는 제힘으로 먹이를 구할 수 없게 되자 교활한 꾀를 쓰기로 했다. 사자는 굴에 들어가 누워서 아픈 척을 하며 모두가 이 사실을 알 수 있도록 했다. 동물들이 안타까워하며 차례로 병문안을 오자, 사자는 그들을 잡아먹었다. 그렇게 동물들 여럿이 사라지자 여우는 사자의 술수를 알아챘다. 어느 날 사자를 찾은 여우는 동굴 밖에 멀찌감치 선 채로 공손하게 안부를 물었다. 사자는 이렇게 대답했다. "그저 그렇구나. 그런데 왜 밖에 있느냐? 안으로 들어와서 이야기하자꾸나." 그러자 여우는 이렇게 말했다. "아니, 괜찮습니다. 굴 안으로 들어간 발자국은 많은데, 나온 발자국은 하나도 보이지 않는군요."

현명한 사람은 다른 사람의 불행에서 교훈을 얻는다.

40.
목마른 비둘기

몹시 목이 말랐던 비둘기가 간판에 그려진 물잔을 보고는, 그것이 그림일 뿐이라는 사실을 미처 깨닫지 못한 채 간판을 향해 쌩하니 날아갔다. 그러다 예기치 않게 세게 부딪치고 말았다. 날개가 부러진 비둘기는 바닥으로 떨어졌고, 지나가던 사람에게 붙잡혔다.

열정이 분별을 앞서서는 안 된다.

41.
당나귀와 강아지

　어떤 사람이 당나귀와 몰티즈 강아지를 키우고 있었다. 당나귀는 여느 당나귀처럼 마구간에 살며 귀리와 건초를 배불리 먹었고, 강아지는 재주가 많아 주인의 사랑을 듬뿍 받았다. 주인은 강아지를 자주 쓰다듬어주었고, 밖에서 식사하고 돌아올 때면 어김없이 음식을 가져다주었다. 이와는 달리 당나귀는 방앗간에서 방아를 돌리거나 숲에서 나무를 실어 나르거나 농장에서 짐을 옮기는 등 할 일이 많았다. 당나귀는 강아지가 누리는 호사스럽고 한가한 생활과 자신의 고단한 운명을 비교하며 한탄하곤 했다. 그러던 어느 날 당나귀는 묶인 끈과 고삐를 끊고는 주인이 머무는 집으로 달려들어가, 이리 뛰고 저리 뛰면서 최선을 다해 까불까불 아양을 떨었다. 그런 다음에는 강아지가 하는 것처럼 주인 근처에서 깡총깡총 뛰놀려고 했는데, 그만 탁자가 부서지는 바람에 그 위에 있던 접

시들이 모두 산산조각 나고 말았다. 또 당나귀는 주인을 핥아주려고 주인의 등에 뛰어오르기도 했다. 시끌벅적한 소리를 들은 하인들이 주인이 위험하다는 것을 알아채고 재빨리 구해냈다. 그들은 당나귀를 발로 차고 몽둥이로 때리고 손바닥으로 쳐 가며 마구간으로 쫓아냈다. 죽기 직전까지 흠씬 두들겨 맞은 당나귀는 마구간에서 이렇게 한탄했다. "다 내가 자초한 일이다! 나는 왜 동료들과 열심히 일하는 데 만족하지 못하고, 저 쓸모없는 강아지처럼 온종일 빈둥거리기를 바랐을까?"

42.
암사자

한 번에 새끼를 가장 많이 낳는 동물이 누군지를 두고 들짐승들 사이에서 논쟁이 벌어졌다. 그들은 떠들썩하게 암사자에게 달려가 결론을 내려달라고 했다. 그들은 이렇게 물었다. "당신은 한 번에 새끼를 몇이나 낳습니까?" 암사자는 웃음을 터뜨리며 말했다. "저런! 나는 딱 한 마리만 낳는걸. 하지만 중요한 건 그 한 마리가 바로 고귀한 사자라는 사실이지!"

중요한 것은 숫자가 아니라 가치다.

43.
떠버리 여행자

한 남자가 여러 나라를 여행하고 돌아와서는 여기저기서 자랑스럽게 영웅담을 늘어놓았다. 특히 로도스에 갔을 때는 멀리뛰기를 얼마나 잘했던지, 누구도 자기와 비슷한 거리를 뛴 사람이 없을 정도였다고 말했다. 그리고 로도스에서 그 장면을 본 사람이 아주 많아서 증인으로 부를 수도 있다고 말했다. 그러자 구경꾼 중 하나가 끼어들어 이렇게 말했다. "당신 말이 모두 사실이라면 증인을 부를 필요도 없겠네요. 여기가 로도스라고 치고, 우리 앞에서 한번 뛰어보시오."

44.
고양이와 수탉

고양이가 수탉 한 마리를 잡았다. 수탉을 잡아먹을 적당한 구실을 찾던 고양이는 수탉이 밤에 사람들이 잠을 자지 못하도록 성가시게 울어댄다고 비난했다. 하지만 수탉은 사람들이 제때 일어나서 일을 할 수 있도록 운 것이라고 반박했다. "네가 아무리 그럴듯한 변명을 늘어놓아도 내가 저녁을 굶을 수는 없지." 고양이는 이렇게 대꾸하고 수탉을 잡아먹었다.

45.
과부와 어린 하녀들

청소를 즐기는 과부에게 시중들어 주는 어린 하녀가 둘 있었다. 그녀는 이른 아침 닭이 울면 하녀들을 깨웠다. 고된 청소 일에 화가 난 하녀들은 그토록 이른 시간에 주인을 깨우는 수탉을 죽이기로 했다. 하지만 그들은 곧 닭을 죽임으로써 오히려 더 큰 고생을 자초했다는 사실을 깨달았다. 제시간에 닭 우는 소리를 듣지 못하게 된 주인이 이제는 한밤중에 그들을 깨워 일을 시켰기 때문이다.

46.
소년과 개암

어떤 소년이 개암이 가득 든 항아리에 손을 집어넣었다. 소년은 손에 잡히는 만큼 한껏 열매를 움켜쥐었지만, 항아리 입구가 좁아서 손을 뺄 수가 없었다. 개암을 놓고 싶지 않았던 소년은 손을 빼지 못해 울음을 터뜨리고 말았다. 그때 지나가던 사람이 소년에게 말했다. "반만 쥐어보렴. 그러면 손을 쉽게 뺄 수 있을 거야."

한 번에 너무 많은 것을 탐하지 말라.

47.

사랑에 빠진 사자

사자가 나무꾼의 딸과 결혼하겠다고 나섰다. 나무꾼은 허락하고 싶지 않았지만, 무턱대고 거절하기가 두려웠다. 그래서 사자의 끈질긴 요구를 피할 꾀를 냈다. 나무꾼은 사자에게 당신을 딸의 구혼자로 기꺼이 받아들이고 싶지만, 한 가지 조건이 있다고 말했다. 딸이 당신의 이빨과 발톱을 몹시 두려워하니, 이빨을 뽑고 발톱을 잘라야 한다는 것이었다. 사자는 흔쾌히 제안에 응했다. 그렇게 이빨도 발톱도 없는 사자가 돌아와 다시 청혼하자, 나무꾼은 더 이상 겁내지 않고 재빨리 몽둥이를 내리쳐 숲으로 쫓아버렸다.

48.
오두막 주인과 뱀

작은 오두막의 입구 가까이에 굴을 파고 살던 뱀이 오두막 주인의 어린 아들을 물어 죽였다. 아들을 잃고 슬픔에 잠긴 주인은 뱀을 죽이기로 했다. 다음 날, 뱀이 먹이를 구하러 굴에서 나오는 걸 본 그가 도끼를 내려쳤지만, 너무 서둘렀던 탓에 머리는 놓치고 꼬리만 잘려나갔다. 시간이 흐르고, 오두막 주인은 뱀이 자기까지 물어 죽일까 두려워서 화해를 해보려고 굴 앞에 빵과 소금을 가져다 놓았다. 그걸 본 뱀이 희미하게 쉭쉭 소리를 내며 말했다. "우리 사이에 화해란 없소. 나는 당신을 볼 때마다 잘려나간 내 꼬리를 떠올릴 테고, 당신은 나를 볼 때마다 죽은 아들이 생각날 테니까."

상처를 준 사람이 눈앞에 있는 한, 상처는 잊히지 않는다.

49.
양의 탈을 쓴 늑대

옛날에 늑대가 먹잇감을 더 쉽게 구해보려고 변장을 하기로 했다. 늑대는 양 가죽을 둘러쓰고 양 떼와 함께 풀을 뜯으며 목동을 속였다. 저녁이 되자 목동은 우리의 문을 닫고, 입구를 빈틈없이 막았다. 덕분에 늑대도 우리 안에 갇혔다. 그런데 한밤중이 되자 목동이 다시 우리로 돌아왔다. 다음 날 쓸 고기를 구하러 온 그는 실수로 양 대신 늑대를 잡아서 곧바로 죽였다.

제 꾀에 제가 넘어가다.

50.
당나귀와 노새

어느 일꾼이 짐을 잔뜩 실은 당나귀와 노새를 앞세우고 길을 떠났다. 평지에서 당나귀는 등에 실은 짐이 버겁지 않았지만, 가파른 산길을 오르기 시작하자 견디기 힘들 정도로 무겁게 느껴졌다. 그래서 노새에게 자신의 짐을 조금만 져달라고 부탁했다. 그렇게 하면 나머지는 자신이 어떻게든 집까지 나를 수 있을 것 같다고 말했다. 하지만 노새는 들은 척도 하지 않았다. 결국 당나귀는 얼마 못 가서 짐의 무게를 견디지 못하고 쓰러져 죽고 말았다. 일꾼은 아무도 없는 산속에서 달리 방법을 찾지 못해 어쩔 수 없이 노새의 짐 위에다 당나귀의 짐을 얹고, 그 위에다 당나귀 가죽까지 벗겨서 얹었다. 노새는 무거운 짐에 짓눌려 끙끙거리며 혼잣말을 중얼거렸다. "자업자득이로구나. 애초에 당나귀를 조금만 도와줬더라면, 지금 이렇게 당나귀 짐에다 당나귀 가죽까지 지고 가지는 않았을 텐데…"

51.
왕을 요청한 개구리

　지도자가 없는 것을 한탄하던 개구리들이 유피테르*에게 사절을 보내 왕을 세워달라고 간청했다. 개구리들의 어리석음을 알아챈 유피테르는 연못에 커다란 통나무를 던졌다. 개구리들은 통나무가 첨벙 떨어지는 소리에 겁을 먹고 물속 깊이 숨어버렸다. 하지만 통나무가 움직이지 않는다는 것을 눈치채고는 다시 수면 위로 올라왔고, 두려움도 잊고 통나무에 올라앉기 시작했다. 시간이 지나자 개구리들은 이토록 무력한 왕을 내려주다니 심히 부당하다는 생각이 들었다. 그래서 두 번째로 사절단을 보내 유피테르에게 다른 통치자를 보내달라고 부탁했다. 유피테르는 이번에는 장어를 보냈다. 하지만 개구리들은 장어의 온화한 성품을 알게 되자, 또다시 유피테르에게 다른 왕을 보내달라고 부탁했다. 개구리들의 불평에 심기가 불편해진 유피테르는 이번에는 왜가리를 보냈다. 결국 왜가리는 날마다 개구리를 잡아먹었고, 연못에는 더 이상 개구리 울음소리가 들리지 않게 되었다.

---

* 로마 신화의 최고신으로, 그리스 신화의 제우스에 해당한다

52.
소년과 개구리

소년들이 연못 근처에서 놀다가 물속에 있는 개구리를 보고 돌을 던지기 시작했다. 그들이 개구리 여러 마리를 죽이자, 개구리 한 마리가 물 밖으로 고개를 내밀고 외쳤다. "얘들아, 제발 그만 좀 해. 너희가 친 장난에 우리는 목숨을 잃어."

53.
아픈 사슴

아픈 사슴이 초원 한구석 조용한 곳에 누워 있었다. 동료들이 안부를 묻기 위해 많이 찾아왔는데, 하나같이 사슴을 위해 놓아둔 먹이를 축내고 갔다. 결국 사슴은 병 때문이 아니라 먹을 게 없어서 죽고 말았다.

악한 친구는 득보다 해를 가져온다.

54.
소금 장수와 당나귀

　어느 행상이 소금을 사려고 당나귀를 몰고 바닷가로 갔다. 집으로 돌아오는 길에 개울을 건너다가 당나귀가 발을 헛디뎌 쓰러졌는데, 다시 일어나보니 짐이 한결 가벼웠다. 자루에 있던 소금이 물에 녹은 탓이었다. 행상은 왔던 길을 되돌아가서 짐 바구니에 소금을 전보다 더 많이 실었다. 다시 개울에 도착하자, 당나귀는 또 같은 자리에서 일부러 쓰러졌다. 이번에도 짐이 훨씬 가벼워지자 당나귀는 바라던 바를 이루었다는 듯 의기양양하게 울음소리를 냈다. 당나귀의 속셈을 눈치챈 행상은 다시 바닷가로 가서는, 이번에는 소금 대신 해면(海綿)*을 사서 실었다. 당나귀는 개울에 이르자 이번에도 꾀를 쓰려고 일부러 넘어졌다. 하지만 해면이 물을 머금는 바람에 짐이 더 무거워졌다. 제 꾀에 넘어간 당나귀는 결국 두 배로 무거운 짐을 지고 가게 되었다.

---

* 청소나 목욕용으로 사용하기 위해 표면에 돌기가 많고 내부에는 구멍이 많은 해면동물을 가공한 것으로, 수분을 잘 흡수한다.

55.
황소와 백정

옛날에 황소가 자기를 죽이는 백정들을 없애려고 했다. 하루는 황소들이 모여 계획을 실행하기로 하고 싸움을 준비하며 뿔을 갈았다. 그런데 오랫동안 밭을 갈아온 나이가 아주 많은 황소가 이렇게 말했다. "백정들이 우리를 죽이는 건 사실이지만, 그들은 숙달된 솜씨로 불필요한 고통을 주지 않고 해내지. 우리가 그들을 죽이면 그때부터는 솜씨가 서툰 사람들 손에 맡겨질 텐데, 그럼 죽을 때 받는 고통만 두 배로 커질 거야. 백정들이 모두 사라진다고 해도 사람들은 소고기를 먹고 싶어 할 테니까 말이야."

악을 없애겠다고 섣불리 나서다가는
더 큰 화를 불러올 수 있다.

56.
사자와 생쥐와 여우

어느 여름날, 더위에 지친 사자가 굴에서 깊이 잠들어 있었다. 그런데 생쥐가 사자의 갈기와 귀 위를 지나다니면서 잠을 깨워버렸다. 몹시 화가 난 사자는 벌떡 일어나 생쥐를 찾으려고 굴 여기저기를 뒤졌다. 이를 본 여우가 말했다. "이토록 늠름한 사자께서 생쥐 한 마리를 겁내다니요." 그러자 사자가 대답했다. "생쥐를 두려워하는 게 아니다. 그 녀석의 뻔뻔하고 무례한 태도에 화가 난 것이지."

사소한 무례가 누군가에게는 엄청난 모욕이 된다.

57.
왕이 되고 싶었던 갈까마귀

전해지는 바로는 유피테르가 새들을 다스릴 통치자를 세우기로 하고, 정해진 날에 새들이 모두 나오면 자신이 직접 가장 아름다운 새를 뽑아 왕으로 삼겠다고 선포했다고 한다. 갈까마귀는 자신이 볼품없다는 것을 알고는 숲과 들을 뒤져 다른 새의 날개에서 떨어진 깃털을 모았다. 갈까마귀는 가장 아름다운 새가 되기를 바라며 온몸에 그 깃털을 붙였다. 정해진 날이 되어 새들이 모두 유피테르 앞에 모였고, 갈까마귀도 화려하게 깃털을 붙인 채 나타났다. 유피테르가 그 깃털의 아름다움에 반해 갈까마귀를 왕으로 삼으려 했다. 그러자 다른 새들이 발끈하며 갈까마귀의 몸에서 자신의 깃털을 뽑아냈고, 결국 갈까마귀는 본래의 모습으로 돌아왔다.

58.
염소몰이꾼과 야생 염소

어느 날 저녁, 염소몰이꾼이 방목지에서 염소 떼를 몰고 돌아오다가 무리에 야생 염소 몇 마리가 섞여든 것을 발견하고는 그 염소들까지 함께 우리에 가두었다. 다음 날에는 눈이 많이 내려 염소들을 방목지로 데려가지 못하고 우리에 가둬둘 수밖에 없었다. 염소몰이꾼은 자기 염소들한테는 간신히 죽지 않을 만큼만 먹이를 주고, 야생 염소들한테는 배불리 먹을 수 있도록 먹이를 충분히 주었다. 야생 염소들을 꼬드겨서 자신이 키우려는 속셈이었다. 눈이 녹고 날이 풀리자 그는 염소들을 데리고 다시 방목지로 나갔는데, 야생 염소들이 모두 있는 힘껏 달려서 산으로 도망쳐버렸다. 염소몰이꾼은 궂은 날씨에도 자기 염소들보다 더 잘 보살펴주었는데 배은망덕하게 떠난다며 그들을 비난했다. 그러자 달아나던 야생 염소 한 마리가 뒤를 돌아보며 이렇게 말했다. "그러니까 우리가 경계할 수밖에 없지. 그렇게 오래 돌보던 염소들보다 우리한테 더 잘해주니, 나중에 또 다른 염소가 나타나면 어제 그랬던 것처럼 우리보다도 새로 온 염소한테 더 잘해줄 게 뻔하지 않겠어."

새 친구를 얻으려고 오랜 친구를 버리면 대가를 치르게 된다.

59.
버릇없는 개

사람만 보면 조용히 달려가서 몰래 뒤꿈치를 꽉 물어버리는 개가 있었다. 그래서 개 주인이 개가 다가오는 것을 알 수 있게 목에 방울을 달아버렸다. 방울을 영예로운 표식으로 생각한 개는 자랑스럽게 방울을 딸랑거리며 온 시장을 돌아다녔다. 하루는 나이 많은 사냥개가 이렇게 말했다. "왜 웃음거리가 되기를 자처하는 거니? 네가 달고 다니는 방울은 훈장이 아니란다. 오히려 망신스러운 표식이지. 모두에게 버르장머리 없는 개를 피하라고 알려주는 거라고."

악명을 명예로 오해하는 경우가 있다.

60.
꼬리를 잃은 여우

덫에 걸린 여우가 빠져나오다가 그만 꼬리가 잘리고 말았다. 그 후로 잘린 꼬리가 부끄럽고 놀림당하는 게 괴로웠던 여우는 자신의 결점을 덮기 위해 꼬리가 없는 게 훨씬 매력적으로 보인다고 생각하도록 다른 여우들을 설득할 꾀를 냈다. 여우는 친구들을 많이 모아놓고 꼬리를 자르면 더 멋지게 보일 뿐 아니라, 거추장스러운 꼬리가 없어지면 몸도 훨씬 가벼워져서 편안해질 거라고 말하며 꼬리를 자르라고 조언했다. 그 이야기를 듣고 있던 여우 하나가 끼어들어 이렇게 말했다. "네 꼬리가 잘리지 않았다면 우리한테 꼬리를 자르라고 하지 않았겠지."

61.
소년과 쐐기풀

한 소년이 쐐기풀에 쏘이고, 집으로 달려와 어머니에게 말했다. "살짝 건드리기만 했는데도 너무 아파요." 그러자 어머니는 이렇게 대답했다. "바로 그래서 쏘인 거란다. 다음에 쐐기풀을 만지려거든 과감하게 붙잡으렴. 그러면 비단처럼 부드럽게 느껴지고, 조금도 아프지 않을 거야."

무슨 일을 하든지 전력을 쏟아라.

62.
한 남자와 두 애인

머리가 희끗희끗하게 세기 시작한 중년 남자가 두 여자를 동시에 사귀고 있었다. 한 명은 젊고, 다른 한 명은 남자보다 나이가 꽤 많았다. 나이 많은 여자는 자기보다 젊은 남자와 사귀는 걸 부끄  럽게 여겨, 남자가 찾아올 때마다 그의 검은 머리카락을 조금씩 뽑았다.  그런가 하면 젊은 여자는 늙은 남자의 아내가 되는 게 꺼려져 남자의 흰머리를 보이는 족족 뽑아냈다. 결국 두 여자 사이를 오가던 남자는 얼마 지나지 않아 머리카락이 한 올도 남지 않게 되었다.

모두를 만족시키려는 자는 아무도 만족시키지 못한다.

63.
천문학자

천문학자는 밤마다 별을 관찰하러 다녔다. 어느 날 저녁, 그는 온통 하늘에 정신이 팔린 채로 교외를 돌아다니다가 깊은 우물에 빠지고 말았다. 여기저기 멍들고 상처 입은 그는 괴로워하며 큰 소리로 도움을 청했다. 그 소리를 듣고 이웃 사람이 우물로 달려와 자초지종을 듣더니 이렇게 말했다. "아이고, 선생님! 하늘에 뭐가 있는지 알아내려고 그리 애쓰시면서, 왜 땅에 있는 건 보지 못하셨나요?"

64.
늑대와 양

늑대가 양에게 이렇게 말했다. "왜 우리 사이에는 늘 이런 두려움과 살육이 있어야 하는 걸까요? 바로 저 고약한 개 때문이죠. 아무런 해를 끼치지 않는데도 우리가 가까이 가려고만 하면 짖어대잖아요. 당신들이 개를 멀리하면 곧바로 우리는 협정을 맺어 평화롭게 지낼 수 있을 거예요." 가엾고 어리석은 양들이 이 말에 넘어가 개를 보내버렸다. 그러자 늑대 무리는 무방비 상태의 양 떼를 마음껏 잡아먹었다.

65.

노파와 의사

한 노파가 눈이 보이지 않게 되자 치료를 위해 의사를 불렀다. 노파는 증인들이 지켜보는 앞에서 의사가 눈을 고쳐주면 돈을 주고, 고치지 못하면 돈을 주지 않기로 약속했다. 그후로 의사는 노파의 눈을 치료하러 갈 때마다 그녀의 재산을 조금씩 훔쳤고, 드디어 노파가 가진 것을 모두 훔친 후에야 눈을 고쳐주었다. 의사는 약속대로 돈을 달라고 요구했다. 하지만 시력을 회복한 노파는 집에 아무것도 남아 있지 않은 것을 발견하고는 의사에게 돈을 주지 않으려고 했다. 의사는 끈질기게 돈을 요구했지만, 노파가 계속 거부하자 재판을 열기로 했다. 법정에 선 노파는 이렇게 주장했다. "이 사람이 한 말은 사실입니다. 제가 시력을 회복하면 돈을 주기로 했으니까요. 하지만 계속 앞이 보이지 않으면 아무것도 주지 않기로 했지요. 이제 의사는 내 눈이 다 나았다고 말하지만, 나는 단언컨대 여전히 앞이 보이지 않습니다. 내가 시력을 잃기 전에는 집에 이런저런 귀중품들이 보였는데, 지금은 내 눈이 다 나았다고 하는데도 집 안에 아무것도 보이지 않기 때문입니다."

66.
싸움닭과 독수리

싸움닭 두 마리가 농장의 우두머리 자리를 놓고 치열하게 싸우고 있었다. 마침내 한 수탉이 다른 수탉을 물리쳤다. 패배한 수탉은 한쪽 구석으로 도망쳐 몸을 숨겼다. 승리한 수탉은 높은 담벼락 위로 올라가 날개를 푸드덕대며 의기양양하게 목청껏 울었다. 그때 하늘을 날던 독수리가 수탉을 덮쳤고 날카로운 발톱으로 낚아채 갔다. 그러자 구석에 숨어 있던 패배한 수탉이 나와서 아무런 어려움 없이 농장의 우두머리가 되었다.

자만은 파멸을 불러온다.

67.
군마(軍馬)와 방앗간 주인

노쇠해진 군마가 전장이 아닌 방앗간에서 일하게 되었다. 군마는 전투에 나가는 대신 곡식이나 빻고 있는 자신의 신세를 한탄하더니, 옛 시절을 떠올리며 이렇게 말했다. "어이, 방앗간 주인장! 내가 비록 왕년에는 전쟁터를 전전했지만, 항상 가슴부터 꼬리까지 잘 손질되어 있었고 나를 돌봐주는 사람도 따로 있었다오. 그랬던 내가 어쩌다 지금은 전장이 아닌 방앗간에 있는 것인지 영문을 모르겠구먼." 방앗간 주인이 이렇게 대꾸했다. "옛일일랑 곱씹지 마시오. 누구나 잘나가던 시절이 있고 안 풀리는 때도 있기 마련이잖소."

68.
여우와 원숭이

동물들의 모임에서 원숭이가 춤을 추었다. 기분이 좋아진 동물들이 원숭이를 왕으로 세웠는데, 이때 원숭이를 시기한 여우가 한쪽에서 덫에 놓인 고기를 발견하고는 원숭이를 데려갈 꾀를 내었다. 여우는 원숭이에게 자신이 보물을 발견했는데, 왕을 위해 아껴두었으니 가져가시라고 말했고, 이 말을 들은 원숭이는 무심코 가까이 갔다가 덫에 걸리고 말았다. 원숭이가 자신을 일부러 덫에 빠뜨렸다고 비난하자 여우는 이렇게 대꾸했다. "오, 원숭이여! 그런 정신머리로 어찌 동물의 왕이 되려고 하느냐?"

69.
군마와 기병

기병은 성심성의껏 군마를 돌보았다. 군마야말로 전쟁 시에 일어나는 위급한 상황에서 자신을 도울 가장 가까운 동료라는 생각에 정성스레 건초와 곡식을 먹였다. 하지만 전쟁이 끝나자마자 먹이도 풀만 주고 무거운 장작을 나르게 하는 등 고된 노동을 시켰다. 그러다 갑자기 전쟁이 다시 선포되었고, 군사를 부르는 나팔이 울려퍼졌다. 기병은 말에게 군용 마구를 채우더니, 묵직한 쇠사슬 갑옷으로 무장한 채 올라탔다. 하지만 군마는 예전과는 달리 그 무게를 감당하지 못하고 곧바로 쓰러져버렸다. 그러고는 주인에게 이렇게 말했다. "주인님은 이제 걸어서 전장에 나가야 하겠군요. 나를 말이 아니라 나귀로 만들어버렸으니까요. 어떻게 한순간에 나귀가 다시 말이 되길 바란 거죠?"

70.
배와 그 외 다른 신체 기관들

배를 뺀 우리 몸의 다른 기관들이 배한테 불만을 토로했다. "왜 우리는 항상 네가 원하는 대로 맞춰주느라 바쁘게 일을 해야 하지? 너는 아무것도 안 하고 쉬면서 호사를 누리고, 또 제멋대로 행동하는데 말이야?" 더 이상 배를 돕지 않기로 한 그들은 정말로 아무것도 하지 않았다. 그러자 급격하게 몸이 쇠약해졌고, 손과 발과 입과 눈은 어리석은 행동을 후회했지만 때는 이미 늦어버렸다.

71.
포도나무와 염소

   수확을 앞둔 포도나무에 잎과 열매가 무성하게 자라 있었다. 지나가던 염소가 여린 덩굴손과 잎사귀를 뜯어먹자 포도나무가 이렇게 말했다. "왜 이유도 없이 나를 다치게 하고 잎을 뜯어내는 거야? 연한 풀을 먹으면 되잖아? 하지만 두고 보라지. 지금은 네가 내 잎을 뜯어먹고 뿌리까지 잘라버리지만, 머지않아 너에게 복수할 날이 올 거야. 네가 제물로 바쳐질 때 네 몸에 부어질 포도주는 반드시 내가 만들어줄 테니까."

72.
유피테르와 원숭이

유피테르가 숲에 사는 동물들에게 포고령을 내려 가장 잘생긴 새끼를 둔 동물에게 상을 내리겠다고 약속했다. 다른 동물들과 함께 나타난 원숭이는 어미의 마음으로 납작한 코에 털도 없어 볼품없이 생긴 새끼 원숭이를 후보로 내세웠다. 새끼 원숭이를 본 동물들은 웃음을 터뜨렸다. 그러자 어미 원숭이가 단호하게 말했다. "유피테르가 내 새끼에게 상을 내리실지는 모르겠지만, 어미인 내 눈에는 내 새끼가 그 누구보다도 잘생기고 사랑스럽고 아름답다는 것만은 분명하답니다."

73.
새끼 돼지와 양과 염소

어린 돼지가 양과 염소와 함께 우리에 갇혀 있었다. 어느 날 목동이 돼지를 붙잡으려 하자, 돼지는 꿀꿀거리면서 비명을 지르고 격렬하게 저항했다. 양과 염소는 돼지의 고통스러운 비명을 듣고 이렇게 불평했다. "우리도 목동에게 자주 붙잡히지만, 우리는 절대 소리를 지르지 않는다고." 이 말에 돼지가 답했다. "너희가 잡히는 것과 내가 잡히는 건 전혀 다르단 말이지. 너희는 단지 털이나 젖이 필요해서 잡는 거지만, 나는 잡아먹으려는 거니까."

74.
양치기 소년과 늑대

마을 가까이서 양 떼를 돌보던 양치기 소년이 "늑대다, 늑대!"라고 외치고는, 도와주러 온 마을 사람들을 비웃으며 놀리기를 서너 차례 거듭했다. 그러다가 하루는 진짜 늑대가 나타나고 말았다. 깜짝 놀란 소년은 겁에 질려 소리쳤다. "제발 와서 도와주세요! 늑대가 양들을 죽이고 있어요!" 하지만 아무도 소년이 외치는 소리에 신경 쓰지 않았고, 도와주지도 않았다. 늑대는 아무 걱정 없이 느긋하게 다니며 양 떼를 모조리 물어뜯거나 죽여버렸다.

거짓말쟁이는 진실을 말하더라도 신뢰받지 못한다.

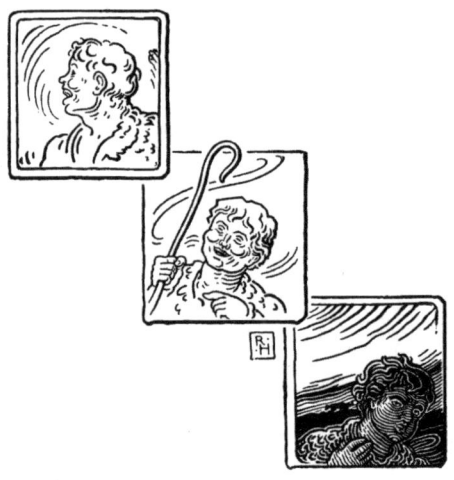

75.
고양이와 새

고양이가 어느 사육장에 있는 새들이 아프다는 소식을 들었다. 고양이는 의사로 변장해 진료 도구가 든 가방과 지팡이를 들고 새들을 찾아갔다. 문을 두드리며 새의 안부를 물은 고양이는 만약 아프면 자신이 기꺼이 약을 지어주고 치료해주겠다고 말했다. 그러자 새들이 이렇게 답했다. "우리는 모두 건강하고 앞으로도 내내 잘 지낼 거예요. 당신이 돌아가 우리를 이대로 내버려두기만 한다면 말이죠."

76.
새끼 염소와 늑대

지붕 위 안전한 곳에 서 있던 새끼 염소가 지나가는 늑대를 보더니 욕설을 퍼부으며 놀려대기 시작했다. 늑대는 위를 올려다보며 이렇게 말했다. "이 녀석아! 네가 하는 말이 들리긴 한다만, 그렇게 나를 놀릴 수 있는 건 순전히 네가 서 있는 그 지붕 덕분이잖니."

약자도 환경을 이용해 강자보다 우위에 설 수 있다.

77.
황소와 개구리

황소가 연못에서 물을 마시다가 그만 새끼 개구리들을 밟아 그 중 한 마리가 죽게 되었다. 어미 개구리가 나타나서 새끼 한 마리가 보이지 않자 다른 개구리에게 어찌 된 일인지 물었다. "죽었어요, 어머니. 커다란 발이 네 개 달린 거대한 짐승이 연못에 오더니 갈라진 발굽으로 밟아서 죽였어요." 어미 개구리는 몸을 잔뜩 부풀리며 물었다. "그 짐승이 이렇게 컸니?" 그러자 새끼 개구리가 이렇게 대답했다. "그만하고 마음을 가라앉히세요, 어머니. 그렇게 부풀리다가는 분명 그 괴물처럼 커지기도 전에 펑 터지고 말 거예요."

78.
양치기와 늑대

양치기가 우연히 새끼 늑대를 발견하고는 데려와 길렀다. 늑대가 어느 정도 자라자, 이웃 목장에서 새끼 양 훔치는 방법을 가르쳤다. 뛰어난 소질을 보여준 늑대는 양치기에게 이렇게 말했다. "내게 훔치는 법을 가르쳤으니 당신도 이제 철저히 지켜봐야 할 거예요. 자칫하면 당신네 양도 잃을 수 있으니까요."

79.
아버지와 두 딸

한 남자에게 딸이 둘 있었는데, 한 명은 정원사, 다른 한 명은 벽돌공과 결혼했다. 어느 날 남자는 정원사와 결혼한 딸을 찾아가 안부를 물었다. 딸은 이렇게 대답했다. "다 좋아요. 바라는 건 하나밖에 없어요. 화초가 잘 자라게 비가 많이 내리면 좋겠어요." 오래지 않아 그는 벽돌공과 결혼한 딸을 찾아가 마찬가지로 안부를 물었다. 딸은 이렇게 대답했다. "저는 부족한 것 없이 잘 지내요. 다만 바라는 것은 한 가지, 벽돌이 잘 마르게 날씨가 계속 맑고 햇볕이 쨍쨍하면 좋겠어요." 그러자 아버지가 딸에게 말했다. "하나는 비를 바라고 다른 하나는 맑은 날을 바라니, 둘 중에 누구의 소원이 이루어지기를 바라야 한단 말이냐?"

80.
농부와 아들

 죽음을 눈앞에 둔 아버지가 아들들이 자신처럼 농장을 정성껏 돌보기를 바랐다. 아버지는 아들들을 불러 이렇게 말했다. "얘들아, 포도밭 한곳에 큰 보물이 숨겨져 있단다." 아버지가 눈을 감은 후, 아들들은 삽과 괭이를 가지고 밭 구석구석을 꼼꼼히 파헤쳐보았다. 비록 보물은 나오지 않았지만, 덕분에 포도 농사가 엄청난 풍작을 거두어 수고한 값을 톡톡히 받게 되었다.

81.
새끼 게와 어미 게

어미 게가 아들에게 말했다. "애야, 왜 그렇게 옆으로만 걷는 거니? 똑바로 가는 게 훨씬 더 보기 좋단다." 새끼 게는 이렇게 대답했다. "맞아요. 어머니가 똑바로 걷는 걸 보여주시면 저도 꼭 그렇게 걸을게요." 어미 게가 애써봤지만 헛수고였다. 결국 어미 게는 한마디도 못 하고 아들의 지적에 수긍할 수밖에 없었다.

훈계보다는 솔선수범이 더 효과적이다.

82.
암송아지와 황소

　암송아지가 멍에를 쓰고 쟁기를 끌며 열심히 일하는 황소를 보더니, 힘들게 일해야 하는 불쌍한 신세라고 꼬투리를 잡으며 성가시게 굴었다. 얼마 후 수확제가 다가오자 소 주인은 황소의 멍에를 벗겨 주었다. 대신 암송아지는 밧줄에 묶여 제물로 바쳐지기 위해 제단으로 끌려갔다. 이를 본 황소는 웃으며 암송아지에게 이렇게 말했다. "이러려고 너를 그렇게 쉽게 해준 거란다. 머지않아 제물이 될 거였으니까."

83.
제비와 뱀과 법정

유난히 사람들과 함께 살기를 좋아하는 제비가 멀리 갔다 돌아와서는 어느 재판소의 담장에 둥지를 틀고 새끼 일곱 마리를 낳았다. 그런데 담장에 난 구멍에서 뱀이 스르륵 나오더니 둥지로 가서 아직 깃털도 고르게 나지 않은 새끼들을 모두 잡아먹어 버렸다. 제비는 빈 둥지를 발견하고는 한탄하며 소리쳤다. "오, 애통하여라! 모두가 권리를 보호받는 이곳에서 오직 이방인인 나만이 부당한 일을 겪는구나."

84.
도둑과 어머니

한 소년이 학교 친구의 교과서를 훔쳐서 집으로 가져왔다. 어머니는 아들을 야단치기는커녕 오히려 격려해주었다. 다음에는 소년이 망토를 훔쳐서 어머니에게 가져왔고, 이번에도 그녀는 아들을 칭찬해주었다. 어른이 된 소년은 훨씬 더 값비싼 것들을 훔치기 시작했다. 결국 그는 도둑질 현장에서 붙잡혔고, 양손이 뒤로 묶여 공개 처형장으로 끌려갔다. 군중 속에서 그의 어머니가 슬픔에 빠져 가슴을 세게 치며 그를 따라가고 있었다. 그걸 본 아들이 어머니에게 이렇게 말했다. "어머니에게 긴히 드릴 말씀이 있어요." 어머니가 그에게 가까이 다가가자 아들은 재빨리 그녀의 귀를 물어뜯어버렸다. 어머니가 그를 꾸짖으며 정상이 아니라고 하자, 아들이 이렇게 대답했다. "아, 내가 처음 교과서를 훔쳤을 때 어머니가 나를 꾸짖었다면, 이렇게 되지도 않았을 테고, 수치스러운 죽음을 맞지도 않았을 거예요."

85.
노인과 죽음

한 노인이 숲에서 나무를 베어 도시에 내다 파는 일을 했다. 하루는 긴 여정에 지친 노인이 짐을 내동댕이치고 길가에 주저앉아 '죽음'이 오기를 간청했다. 그의 간절한 부름에 답하여 곧바로 '죽음'이 나타나더니 무슨 까닭에서 불렀는지를 물었다. 그러자 노인이 황급히 대답했다. "저 짐을 좀 다시 내 어깨에 올려주시오."

86.
전나무와 가시덤불

전나무가 가시덤불에게 우쭐대며 말했다. "너는 전혀 쓸모가 없지만, 나는 지붕이든 건물 어디든 여러모로 쓰인단다." 가시덤불이 이렇게 대답했다. "이 불쌍한 나무야, 이제 곧 너를 베어 넘길 도끼와 톱만이라도 떠올릴 줄 알았더라면 전나무가 아니라 가시덤불이 되기를 바랐을 텐데."

근심 어린 부유함보다 걱정 없는 가난이 낫다.

87.
쥐와 개구리와 매

　육지에서 사는 쥐가 재수 없게도 물에서 지내는 개구리와 친해졌다. 하루는 개구리가 장난삼아 쥐 발을 자기 발에 단단히 묶더니 쥐를 데리고 그들이 먹이를 찾던 풀밭으로 갔다. 개구리는 서서히 자신이 사는 연못 쪽으로 쥐를 이끌다가, 연못 가장자리에 도착하자마자 갑자기 물에 뛰어들어 버렸다. 개구리는 마치 선행이라도 베푼다는 듯 개골개골 울어대며 즐겁게 헤엄을 쳤다. 불쌍한 쥐는 이내 숨이 막혀 죽어버렸고, 시체는 개구리의 발에 묶인 채 수면으로 떠올랐다. 이 모습을 본 매가 죽은 쥐를 발톱으로 낚아채 하늘 높이 날아갔고, 쥐와 함께 묶여 있던 개구리 역시 붙잡혀 매에게 먹히고 말았다.

　　나쁜 일을 하면 반드시 나쁜 결과가 따른다.

88.
개에게 물린 사람

한 남자가 개에게 물려 치료해줄 사람을 찾아다녔다. 친구가 자초지종을 듣더니 이렇게 말했다. "낫고 싶으면 빵 한 조각을 가져와서 상처에서 흘러나온 피에 적신 다음 자네를 문 개한테 주게." 개에게 물린 남자가 이 말을 듣더니 웃음을 터뜨리며 말했다. "왜 그래야 하지? 그건 동네에 있는 모든 개들한테 제발 나를 물어달라고 하는 셈이잖아."

악한 자에게 베푼 은혜는 더 큰 화를 불러온다.

89.
두 개의 항아리

항아리 두 개가 강물에 떠내려가고 있었다. 하나는 점토, 다른 하나는 놋쇠로 만든 항아리였다. 점토 항아리가 놋쇠 항아리에게 말했다. "부디 내게 가까이 오지 말고 멀리 떨어져 있도록 해. 나는 네가 살짝 건드리기만 해도 산산조각이 날 거야. 나도 네 근처에는 얼씬도 하지 않을게."

비슷한 사람끼리 어울려야 좋은 친구가 된다.

90.
늑대와 양

개에게 심하게 물려 상처를 입은 늑대가 자기 굴에 앓아누워 있었다. 먹이가 없었던 늑대는 지나가던 양을 불러 근처에 흐르는 시내에서 물을 좀 떠다 달라고 부탁했다. "내게 물을 가져다주면 고기는 알아서 구해볼게." 그러자 양이 이렇게 대답했다. "그래, 내가 물을 가져다주면, 틀림없이 너는 나를 잡아먹겠지."

위선적인 말은 쉽게 간파된다.

91.
에티오피아 사람

어떤 사람이 피부가 검은 하인을 샀다. 그는 하인의 피부색이 검은 것은 이전 주인이 방치해서 때가 묻은 탓이라고 확신했다. 하인을 데리고 집으로 돌아온 그는 온갖 수단을 동원해 몸을 씻기고 끊임없이 문질렀다. 하지만 하인은 지독한 감기에 걸렸을 뿐, 피부색이나 얼굴색은 전혀 변하지 않았다.

타고난 본성은 변하지 않는다.

92.
어부와 그물

물고기 잡기에 여념이 없던 어부가 그물질에 성공해 물고기를 아주 많이 잡았다. 그는 능숙한 손놀림으로 그물을 다루었기에 큰 물고기는 모두 잡아 해변으로 건져올 수 있었지만, 그물코 사이로 작은 물고기가 빠져나가는 것은 막을 수 없었다.

93.

사냥꾼과 어부

사냥꾼이 개와 함께 들판에서 돌아오는 길에 우연히 어부를 만났다. 어부는 물고기가 가득 든 바구니를 들고 집으로 가던 중이었다. 사냥꾼은 물고기가 탐났고, 어부 역시 사냥꾼의 가방에 든 고기가 갖고 싶었다. 두 사람은 수확물을 교환하기로 어렵지 않게 합의했다. 두 사람 모두 만족한 덕분에 이 거래는 며칠 동안 계속되었다. 그러던 중 한 이웃이 그들에게 말했다. "그렇게 자주 바꾸다 보면 즐거움은 사라지고, 결국에는 자신이 거둔 수확물을 다시 갖고 싶어질 거요."

절제하면서 즐겨라.

94.

노파와 술 단지

한 노파가 빈 단지를 발견했다. 오래 묵은 좋은 포도주가 담겨 있었던 단지에는 아직도 향기가 남아 있었다. 그녀는 단지를 앞뒤로 까딱까딱 움직이며 욕심껏 몇 번이나 코에 갖다대 보고는 이렇게 말했다. "냄새가 정말 좋구나! 단지에 이렇게 달콤한 향을 남길 정도라면, 포도주는 얼마나 맛있었을까!"

좋은 일의 기억은 오래 살아남는다.

95.
여우와 까마귀

 까마귀가 고기 한 점을 훔쳐 부리에 물고는 나무에 앉아 있었다. 여우가 이 모습을 보고는 고기가 탐나 간사한 꾀를 내었다. "정말 멋진 까마귀구나. 몸매도 근사하고 깃털 색도 아름답네! 아름다운 모습만큼 목소리도 고왔다면 마땅히 새들의 여왕이라 했을 텐데!" 여우는 까마귀를 속이려고 이렇게 말했다. 그러자 까마귀는 제 목소리를 꼬투리 잡는 말에 반박하고 싶은 마음을 참지 못하고 까악까악하며 크게 울다가 고기를 떨어뜨리고 말았다. 여우는 재빨리 고기를 집어들고는 까마귀에게 말했다. "이봐, 까마귀! 네 목소리는 쓸 만하지만, 지혜는 부족하구나."

96.

개 두 마리

어떤 사람이 개 두 마리를 키웠다. 하나는 사냥 훈련을 받은 사냥개이고, 다른 하나는 집을 지키도록 훈련받은 번견(番犬)이었다. 주인은 온종일 사냥을 하고 돌아오면 번견에게 늘 잡아온 고기를 크게 떼어 주었다. 여기에 불만을 품은 사냥개는 동료를 비난하며 이렇게 말했다. "사냥하는 게 얼마나 힘든데, 너는 사냥을 돕지도 않았으면서, 내가 고생해서 얻은 결실만 느긋하게 누리다니." 번견은 이렇게 대꾸했다. "친구여, 나를 탓하지 말고 주인을 탓하게. 주인이 내게 일을 가르치는 대신 다른 이들이 하는 노동에 의지해 근근이 살아가게 했으니 말이야."

부모의 잘못 때문에 아이를 탓해서는 안 된다.

97.
외양간에 들어간 수사슴

 사냥개에게 호되게 쫓기던 수사슴이 겁에 질려 위험을 깨닫지 못하고 농장을 은신처로 삼더니 외양간 황소들 사이에 몸을 숨겼다. 어느 황소가 그에게 친절하게 경고해주었다. "이 불쌍한 녀석아! 왜 스스로 적의 소굴에 몸을 맡겨서 죽음을 자초하는 거냐?" 그러자 수사슴은 이렇게 대답했다. "그냥 여기 있게만 해줘. 기회를 봐서 도망칠 테니까." 밤이 되어 소 치는 사람이 여물을 주러 왔지만 수사슴을 보지 못했다. 심지어 농장관리인과 일꾼 여럿도 헛간을 지나갔지만 역시 수사슴을 알아채지 못했다. 수사슴은 무사한 것을 기뻐하며 곤경에 처했을 때 너그럽게 자신을 도와준 황소들에게 진심으로 감사 인사를 전했다. 그러자 황소 하나가 그에게 이

렇게 말했다. "우리는 정말로 네가 무사하기를 바라지만, 아직 위험이 사라진 게 아니란다. 헛간에 다녀갈 사람이 아직 한 명 더 있지. 마치 눈이 백 개나 달린 듯한 사람이야. 그가 왔다 가기 전까지 너는 아직 안전한 게 아니란다." 바로 그 순간 농장 주인이 안으로 들어왔고, 소에게 먹이를 제대로 먹이지 않았다고 불평하며 여물통으로 가더니 소리쳤다. "왜 사료가 이렇게 부족한 거지? 소가 누울 만한 짚도 절반밖에 안 되고. 저 게으른 녀석들이 거미줄도 제대로 걷어내지 않았잖아!" 차례차례 모든 것을 살펴보던 농장 주인은 짚에서 삐져나온 수사슴의 뿔 끄트머리를 발견했다. 그리고 일꾼들을 불러 수사슴을 잡아 죽이도록 지시했다.

98.
사냥꾼과 나무꾼

그리 용감하지 않은 사냥꾼이 사자의 발자국을 찾고 있었다. 그는 숲에서 참나무를 베는 나무꾼에게 사자 발자국을 보았는지, 또 사자 굴이 어디에 있는지 물었다. 나무꾼은 이렇게 대답했다. "제가 지금 당장 사자를 보여드리죠." 그러자 사냥꾼은 기겁을 하며 안색이 창백해진 채 이를 덜덜 떨면서 말했다. "아니, 고맙지만 괜찮아요. 제가 찾는 건 그냥 사자의 흔적이거든요, 사자가 아니라고요."

영웅은 말뿐만 아니라 행동에서도 용감하다.

99.
과부와 양

어느 가난한 과부가 가진 것이라고는 양 한 마리밖에 없었다. 양털 깎는 시기가 되자 과부는 비용을 아끼기 위해 직접 털을 깎았다. 하지만 너무 서투른 나머지 살점까지 같이 잘라버렸다. 양은 고통에 몸부림치며 이렇게 말했다. "주인님, 왜 저를 이렇게 아프게 하시나요? 제 피가 더해진다고 털이 무거워지나요? 고기가 필요하면 도축업자가 순식간에 처리해줄 거고, 털이 필요하면 털 깎는 사람이 다치지 않게 잘 깎아줄 텐데요."

비용을 줄인다고 해서 꼭 수익이 느는 것은 아니다.

100.
야생 당나귀와 사자

야생 당나귀가 사자와 함께 숲에 사는 동물들을 더 수월하게 잡으려고 동맹을 맺었다. 사자는 당나귀에게 힘을 보태주고, 당나귀는 자신의 빠른 발로 사자를 도와주기로 약속했다. 둘이 필요한 만큼 동물들을 잡고 나자 사자는 먹이를 가르기 시작하더니 세 몫으로 나눴다. "첫 번째 몫은 내가 가져가지, 내가 왕이니까. 그리고 두 번째 몫은 너와 함께 사냥하느라 수고했으니 내가 가져가야지. 세 번째 몫도 네가 가져가면 장담컨대 큰 화를 입게 될 거야. 그러니 자진해서 내게 넘기고 넌 있는 힘을 다해 빠르게 도망치면 괜찮을 거야."

힘이 곧 정의다.

101.
독수리와 화살

독수리가 높은 바위에 앉아 사냥감으로 삼은 토끼의 움직임을 지켜보고 있었다. 때마침 숨어서 관찰하던 궁수가 독수리를 발견하고 정확히 조준해 치명상을 입혔다. 독수리는 심장에 꽂힌 화살을 보더니 단번에 자신의 깃털로 만들어진 것임을 알아채고 이렇게 소리쳤다. "내 날개의 깃털로 만든 화살에 맞아 죽다니 갑절로 애통하구나."

102.

병든 솔개

죽을병에 걸린 솔개가 어미 솔개에게 이렇게 말했다. "어머니, 슬퍼하지 마시고, 제가 조금이라도 더 살 수 있도록 신에게 기도해주세요." 어미는 이렇게 대답했다. "아! 아들아, 어느 신이 너를 불쌍히 여겨 주시겠니? 네가 신들에게 바친 제단의 제물을 슬쩍 훔쳐먹어서 노하지 않은 신이 없지 않니?"

잘나갈 때 친구를 만들어야
역경에 처했을 때 도움을 받을 수 있다.

103.

사자와 돌고래

바닷가를 어슬렁거리던 사자가 물결 사이로 고개를 내민 돌고래를 보고 동맹을 맺자고 제안했다. 자기는 육지에 사는 동물들의 왕이고 돌고래는 바다에 사는 물고기들의 통치자이니, 둘이 함께하면 단연코 가장 좋은 친구가 될 거라고 말했다. 돌고래는 흔쾌히 제안을 받아들였다. 얼마 지나지 않아 사자가 들소와 싸우게 되어 돌고래에게 도움을 청했다. 돌고래는 기꺼이 돕고 싶었지만, 육지에 올라갈 도리가 없어 도와줄 수가 없었다. 사자는 돌고래를 배신자라고 비난했다. 그러자 돌고래가 이렇게 대꾸했다. "친구여, 내가 아니라 자연을 탓하게. 자연은 내게 바다의 통치권은 주었지만, 육지에 살 능력은 주지 않았다네."

104.
사자와 멧돼지

어느 여름날, 강한 열기로 인해 모든 동물이 갈증에 시달렸다. 이때 우물에 물을 마시러 사자와 멧돼지가 동시에 도착했다. 둘은 서로 먼저 마시겠다고 다투다가 이내 목숨을 건 싸움을 벌이게 되었다. 그들이 본격적인 싸움을 시작하기 전 잠시 숨을 고르려고 멈추었을 때, 멀리서 독수리들이 먼저 쓰러지는 쪽을 먹어치우려고 기다리고 있는 게 보였다. 사자와 멧돼지는 곧바로 싸움을 멈추고 이렇게 말했다. "까마귀나 독수리 밥이 되느니 우리가 화해하는 게 낫지."

105.
외눈의 암사슴

한쪽 눈이 보이지 않는 암사슴이 적을 피해 절벽 끄트머리 쪽으로 한껏 가까이 가서 풀을 뜯어먹고 있었다. 그녀는 사냥꾼이나 사냥개가 다가오는 것을 최대한 빨리 알아차리기 위해 눈이 보이는 쪽은 육지를 향하고, 다친 눈은 바다 쪽을 향했다. 바다에서는 위험이 닥치지 않으리라고 생각했기 때문이었다. 그런데 지나가던 뱃사람이 암사슴을 보고는 총으로 겨냥해 치명상을 입히고 말았다. 마지막 숨을 몰아쉬며 그녀는 이렇게 한탄했다. "참으로 가련하구나! 육지 쪽을 그렇게 경계했건만, 진짜 위험한 곳은 안전하다고 여겼던 바닷가였구나."

106.
양치기와 바다

　양치기가 바닷가 가까이에서 양을 돌보고 있었다. 평온하고 잔잔한 바다를 보니 배에 물건을 싣고 나가 교역을 하면 좋겠다는 생각이 들었다. 그는 양 떼를 모두 팔아 대추야자를 사서 싣고 항해를 떠났다. 하지만 몹시도 거센 폭풍이 몰아쳐 배가 가라앉을 위기에 처했다. 그는 배에 실은 짐을 모두 바다에 던져버리고 가까스로 목숨만 건져 빈 배와 함께 돌아올 수 있었다. 오래지 않아, 누군가가 지나가며 바다가 물결도 없이 잔잔하다고 하자, 양치기가 끼어들어 이렇게 말했다. "바다가 다시 대추야자가 필요한가 보네요. 그래서 잠잠해 보이는 거예요."

107.
당나귀와 수탉과 사자

당나귀와 수탉이 짚을 깐 우리에 함께 있는데, 굶주린 사자가 다가왔다. 사자가 막 당나귀를 덮치려던 참에 수탉이 요란하게 울어 댔다. 사자는 유달리 수탉의 울음소리에 질색한다고 전해지는 이야기처럼, 그 소리를 들은 사자는 있는 힘껏 빠르게 도망쳤다. 겨우 수탉 우는 소리에 벌벌 떠는 모습을 본 당나귀는 사자에게 덤벼볼 생각으로 용기를 내어 뒤쫓아갔다. 하지만 멀리 가지 않아 사자가 돌아서더니 당나귀를 붙잡아 갈기갈기 찢어버렸다.

잘못된 자신감은 위험을 불러오곤 한다.

108.

쥐와 족제비

쥐와 족제비는 서로 끊임없이 전쟁을 벌였고, 그 와중에 흘린 피도 상당했다. 하지만 승리는 늘 족제비의 몫이었다. 쥐들은 명령을 내릴 지휘관도 없고 훈련도 제대로 되어 있지 않아, 위기에 제대로 대처하지 못하기 때문에 번번이 패한다고 생각했다. 그래서 그들은 명문가 혈통에 체력이 강하고 지혜로우며 전투에서 용맹하기로 이름난 쥐를 지도자로 선출하여, 전열을 잘 정비하고 분대, 연대, 대대를 갖출 수 있게 하였다. 모든 준비를 마치고 병력이 잘 훈련되자, 적절한 때에 전령을 보내 족제비에게 전쟁을 선포했으며, 새로 임명된 장군들은 병사들이 잘 알아볼 수 있도록 머리에 짚을 둘렀다. 하지만 전투가 시작되자마자 쥐는 대패하여 가능한 한 신속하게 구멍으로 도망쳐야 했다. 그런데 하필 장군들은 머리에 두른 짚 때문에 구멍으로 들어가지 못하고 족제비에게 모두 잡아먹히고 말았다.

명예가 클수록 위험도 크다.

109.
쥐들의 회의

쥐들이 자신의 가장 큰 적인 고양이가 접근하는 것을 미리 알 수 있는 가장 좋은 방법을 찾기 위해 회의를 소집했다. 여러 방안이 제시되었지만, 그중에서도 고양이 목에 방울을 달아서 그 소리를 듣고 도망칠 수 있게 하자는 의견이 가장 큰 지지를 받았다. 하지만 누가 고양이 목에 방울을 달 것인지에 관해 논의하자, 나서는 쥐가 아무도 없었다.

110.
늑대와 번견

늑대가 마스티프 종 번견을 만나게 되었다. 잘 먹어서 덩치가 크고 목에는 나무로 된 목걸이를 차고 있었다. 늑대는 개에게 그렇게 잘 먹여놓고, 가는 곳마다 그 무거운 나무토막을 목에 매달고 다니게 하는 사람이 누구인지 물었다. 개는 "주인님!"이라고 대답했다. 그러자 늑대가 이렇게 말했다. "내 친구 중에는 너 같은 신세가 되는 녀석이 없으면 좋겠구나. 그렇게 무거운 목걸이를 끌고 다니면 식욕도 싹 사라지겠어."

111.

강과 바다

강들이 모여서 바다에게 불평을 쏟아냈다. "우리는 마실 수 있는 달콤한 물을 너에게 흘려보내는데, 넌 왜 그렇게 짜고 마실 수도 없는 물로 바꿔버리는 거야?" 바다는 강이 자기에게 책임을 떠넘기려 한다는 것을 알아채고 이렇게 말했다. "제발 나한테 그만 좀 흘러들어와. 그러면 너희가 짜게 변할 일도 없을 테니까."

112.

철부지 당나귀

당나귀가 건물 지붕에 올라가 이리저리 뛰놀다가 기와를 깨뜨렸다. 주인이 쫓아 올라가더니 굵은 나무 몽둥이로 세게 때리며 재빨리 당나귀를 내려보냈다. 그러자 당나귀가 말했다. "왜 나한테만 그래요? 어제 원숭이도 나랑 똑같이 했는데, 그때는 다들 재미있어 하면서 배꼽을 잡고 웃었잖아요."

113.

세 장인

　도시가 포위당하자 적으로부터 도시를 지킬 가장 좋은 방법을 생각해내기 위해 시민들이 소집되었다. 벽돌공은 도시를 효과적으로 방어하기 위해서는 벽돌이 가장 좋은 재료라고 진심을 담아 말했다. 목수도 그 못지않게 열성적으로 목재가 더 효과적인 수단이라고 말했다. 그러자 이번에는 무두장이가 일어나서 말했다. "여러분, 저는 여러분과 생각이 다릅니다. 방어에는 가죽 덮개만큼 좋은 재료가 없거든요."

　누구나 제 밥그릇이 먼저다.

114.
개와 주인

어떤 남자가 폭풍우로 시골집에 발이 묶이게 되었다. 그는 가족들을 먹이기 위해 가장 먼저 양을 잡았고, 그다음으로 염소를 잡았다. 하지만 폭풍우가 계속되자 멍에를 씌운 소를 잡을 수밖에 없게 되었다. 이를 본 개들이 모여 의논을 했다. "이제 우리가 떠나야 할 때야. 주인에게 돈을 벌어다주는 소까지 잡아먹는 마당에 어떻게 우리가 살아남길 기대하겠어?"

제 식구를 함부로 대하는 사람은 친구로서 신뢰할 수 없다.

115.

늑대와 양치기

늑대가 길을 가다가 오두막에서 양치기들이 저녁으로 양 뒷다리 고기를 먹고 있는 것을 보았다. 늑대는 그들에게 다가가 이렇게 말했다. "지금 너희가 하는 짓을 내가 했다면 너희는 온갖 수선을 떨며 난리를 쳤을 텐데…."

116.

돌고래와 고래와 멸치

돌고래와 고래가 격렬하게 싸움을 벌이고 있었다. 싸움이 절정에 달했을 때 멸치가 파도 사이로 머리를 내밀더니 자신을 중재자로 받아들인다면 양쪽의 불화를 해결해주겠다고 말했다. 그러자 돌고래가 대꾸했다. "네가 끼어드는 걸 허락하느니 차라리 이대로 싸우다가 죽고 말겠다."

117.
목상을 나르는 당나귀

당나귀가 신전에 놓을 유명한 목상을 등에 지고 도시를 지나갔다. 당나귀가 지나는 동안 사람들은 목상 앞에 머리를 조아리며 절을 했다. 당나귀는 사람들이 자기에게 존경을 표하느라 머리를 숙인다고 생각하여, 우쭐대며 거드름을 피우더니 한 걸음도 더 떼지 않으려 들었다. 마부는 걸음을 멈춘 당나귀를 보고는 어깨를 향해 힘껏 채찍을 휘두르며 말했다. "이런 멍청이 같으니라고! 아직 사람이 당나귀한테 예배드릴 지경은 아니란 말이다."

다른 이의 공을
자신의 것으로 여기는 사람은 현명하지 못하다.

118.
두 여행자와 도끼

두 남자가 함께 여행하고 있었다. 그중 하나가 길에 놓인 도끼를 집어들고 말했다. "내가 도끼를 발견했어." 그러자 다른 친구가 대답했다. "아니지, 친구. '내가'라고 하지 말고, '우리가' 도끼를 발견했다고 말해야지." 얼마 가지 않아 도끼 주인이 쫓아오는 게 보였다. 처음 도끼를 집어들었던 친구가 말했다. "우리는 이제 끝장이군." 그런데 이번에는 다른 친구가 이렇게 대꾸했다. "아니지, 아까처럼 말해야지. 애초에 '우리가' 주운 게 아니라 '내가' 주웠다고 생각했으니, 지금도 '우리는'이 아니라 '내가' 끝장이라고 말해야지."

위험을 함께 나눈 사람이라야 보상도 나눌 수 있다.

119.
나이 든 사자

늙고 병들어 힘이 빠진 사자가 죽음을 앞두고 있었다. 그때 멧돼지가 나타나 사자에게 달려들더니 엄니로 찔러 오래전에 당한 치욕을 갚아주었다. 잠시 후에는 황소가 나타나 마치 원수를 대하듯 뿔로 사자를 들이받아버렸다. 당나귀는 그토록 무시무시한 사자를 공격했는데도 다들 아무 탈이 없는 것을 보고는 자신도 사자의 이마를 뒷발로 후려쳤다. 그러자 죽어가던 사자가 이렇게 말했다. "용감한 자들이 나를 모욕하는 것은 마지못해 견뎌냈지만, 하찮기 짝이 없는 너에게까지 이런 취급을 받아야 한다니 그야말로 두 번 죽는 기분이구나."

120.
나이 든 사냥개

젊고 기운찬 시절 숲속 동물 누구에게도 지지 않았던 사냥개가 나이 들어 사냥을 하다가 멧돼지와 맞닥뜨렸다. 사냥개는 용감하게 멧돼지의 귀를 물었지만, 이빨이 약해져 계속 물고 있을 수가 없었다. 결국 멧돼지는 달아나버렸고, 몹시 실망한 주인이 다가오더니 사냥개를 심하게 꾸짖었다. 사냥개는 고개를 들어 말했다. "주인님, 이건 제 잘못이 아니에요. 투지는 전과 다를 바 없지만 노쇠한 몸은 어쩔 수가 없답니다. 지금의 제 모습으로 비난받기보다는 이제껏 보여왔던 모습으로 칭찬받아야 마땅하다고 생각합니다."

121.
벌과 유피테르

히메토스산에서 온 여왕벌이 벌집에서 갓 따낸 꿀을 유피테르에게 바치러 올림포스산을 올랐다. 유피테르는 꿀 선물에 기뻐하며 그녀가 원하는 것은 뭐든 들어주겠다고 약속했다. 그러자 그녀는 이렇게 청했다. "부디 저에게 침을 주세요. 어떤 인간이든 제 꿀을 빼앗으러 오면 죽일 수 있도록요." 인간을 사랑하는 유피테르로서는 몹시 못마땅했지만, 이미 약속을 해버렸으니 거절할 수도 없었다. 그래서 그는 여왕벌에게 이렇게 말했다. "네 부탁을 들어주지. 하지만 이 침을 쓰려면 네 목숨도 걸어야 할 것이다. 이 침은 한 번 찌르면 그 자리에 그대로 남아 있을 것이고, 침을 잃으면 네 목숨도 잃을 것이다."

악한 마음은 결국 자신에게 돌아와 스스로를 해친다.

122.
우유 짜는 여자와 양동이

농부의 딸이 우유가 든 양동이를 머리에 이고 들판에서 집으로 돌아오는 길에 공상에 빠졌다. "이 우유를 판 돈으로 달걀 삼백 개는 살 수 있겠지. 이런저런 일이 생기더라도 달걀에서 병아리 이백 오십 마리는 나오겠지. 그리고 닭고기 시세가 가장 높을 때 즈음이면 내다 팔 정도로 자랐을 테고. 연말까지는 내 몫으로 새 드레스를 살 만큼 돈을 벌 수 있을 거야. 새 드레스를 입고 크리스마스 파티에 가면 젊은 남자들이 모두 내게 청혼하겠지. 하지만 나는 고개를 홱 젖히면서 모두 퇴짜를 놓을 거야." 그녀는 머릿속에 떠오른 생각대로 실제로도 고개를 홱 젖혔고, 그 순간 우유 양동이가 바닥으로 떨어져버렸다. 결국 그녀가 상상했던 모든 계획은 한순간에 사라져버렸다.

123.
바닷가의 여행자들

바닷가를 따라 여행하던 사람들이 높은 낭떠러지의 꼭대기까지 올라갔다. 그들은 바다를 바라보다가 저 멀리서 큰 선박처럼 보이는 것을 발견했다. 그들은 그 선박이 항구로 들어오는 것을 보려고 기다렸다. 하지만 그것이 바람을 타고 해안 가까이에 밀려들었을 때는 선박이 아니라 기껏해야 작은 배 정도로 보였고, 해안에 도착했을 때는 배가 아니라 단지 큰 나뭇단에 불과하다는 것을 알게 되었다. 여행자 중 한 사람이 동료들에게 이렇게 말했다. "괜히 기다렸네. 결국 나뭇더미밖에 없었잖아."

삶에 거는 기대는 크지만
현실은 그에 미치지 못할 때가 많다.

124.
대장장이와 개

대장장이가 작은 개를 길렀다. 그는 개를 몹시 예뻐해서 늘 데리고 다녔다. 그가 쇠를 두드릴 때 개는 잠을 잤지만, 저녁을 먹으려고 하면 깨어나 음식을 나눠달라는 듯 꼬리를 흔들었다. 하루는 대장장이가 화난 척하며 개를 향해 막대기를 흔들어 보이고는 이렇게 말했다. "이 게으름뱅이야! 내가 어떻게 해 줘야겠니? 내가 모루에서 쇠를 두드릴 때는 잠만 자더니, 힘들게 일하고 나서 밥을 먹으려고 하니 그제야 일어나서 음식을 달라고 꼬리를 흔드는구나. 모든 축복은 노동에서 비롯되고, 일하는 자만이 먹을 자격이 있다는 것을 모른단 말이냐?"

125.
당나귀와 그림자

여행자가 먼 길을 가려고 당나귀를 빌렸다. 날이 몹시 덥고 햇볕이 쨍쨍 내리쬐니 여행자는 당나귀의 그림자에서 더위를 피하며 쉬려고 했다. 당나귀 그림자에는 오직 한 명만 들어갈 수 있었는데, 여행자와 당나귀 주인이 모두 들어가겠다고 주장했다. 결국 누구에게 당나귀 그림자에 대한 권리가 있는지를 두고 격렬하게 말다툼이 벌어졌다. 당나귀 주인은 당나귀를 빌려준 것이지 그림자까지 빌려준 것은 아니라고 주장했고, 반면 여행자는 당나귀를 빌리면서 그림자 역시 빌린 것이라고 주장했다. 말다툼은 주먹다짐으로 번졌고, 두 사람이 싸우는 사이 당나귀는 도망가버렸다.

그림자를 두고 다투다가 정작 본질을 잃곤 한다.

126.
당나귀와 주인

약초 장수를 주인으로 둔 당나귀가 있었다. 당나귀 주인은 먹이는 정말 조금 주면서 일은 너무 많이 시켰다. 당나귀는 유피테르에게 지금 주인에게서 벗어나 다른 주인에게 가고 싶다고 간청했다. 유피테르는 당나귀에게 결국 후회하게 될 거라고 경고하면서도, 벽돌공에게 팔려가도록 해주었다. 얼마 후 당나귀는 벽돌공장에서는 더 무거운 짐을 나르고 더 고된 일을 해야 한다는 사실을 알게 되었고, 다시 주인을 바꾸어달라고 간청했다. 유피테르는 이번이 마지막이라고 말하며 무두장이에게 팔려가게 해주었다. 새 주인의 직업을 알게 된 당나귀는 자신의 처지가 더 나빠졌다는 것을 깨닫고 신음하며 이렇게 말했다. "차라리 첫 주인 밑에서 굶주리거나 이전 주인 밑에서 고되게 일하는 편이 나았을 텐데…. 새 주인은 내가 죽으면 가죽까지 벗겨내 써먹겠구나."

127.
참나무와 갈대

아름드리 참나무가 바람에 뿌리째 뽑혀서 개울을 가로질러 쓰러져 있었다. 참나무는 주변에 있는 갈대에게 이렇게 말했다. "너희처럼 가볍고 연약한 갈대가 어떻게 이런 세찬 바람에 부러지지 않았는지 궁금하구나." 갈대는 이렇게 대답했다. "너는 바람에 맞서 싸우고 바람과 씨름을 하려고 하니까 결국 쓰러진 거야. 우리는 한 줄기 바람에도 몸을 굽히기 때문에 부러지지 않고 버틸 수 있었던 거고."

이기려면 몸을 낮춰라.

128.
어부와 작은 물고기

그물질로 밥벌이를 하는 어부가 하루 꼬박 고생한 끝에 작은 물고기 한 마리를 잡았다. 물고기는 숨을 헐떡이며 살려달라고 애원했다. "선생님, 제가 무슨 소용이 있겠어요? 너무 보잘것없잖아요. 아직 다 자라지도 않았고요. 부디 바다로 돌려보내주세요. 곧 부자들의 밥상에 오를 만큼 큰 물고기가 될 테니 그때 저를 잡아서 큰 이익을 얻으세요." 어부는 이렇게 대답했다. "확실하지도 않은 것에 큰 이익을 기대하면서 지금 내 손안에 있는 확실한 이익을 버린다면 나야말로 모자란 사람이겠지."

129.
매와 솔개와 비둘기

솔개가 나타나자 비둘기가 겁을 먹고는 매를 불러 자신들을 지켜달라고 했다. 매는 즉각 동의했다. 비둘기가 매를 집으로 들이자, 매는 단 하루 만에 솔개가 한 해 동안 잡아간 것보다 더 많은 비둘기를 죽이고 더 큰 혼란을 일으켰다.

병보다 더 고약한 치료약은 피하라.

130.
멧돼지와 여우

어느 나무 밑에서 멧돼지가 나무 몸통에 엄니를 문지르고 있었다. 지나가던 여우가 이를 보고는 사냥꾼이나 사냥개가 위협하는 것도 아닌데, 왜 이빨을 갈고 있는지 물었다. 멧돼지는 이렇게 대답했다. "다 생각이 있어서 하는 거지. 이래야 정작 필요할 때 무기부터 갈지 않아도 되잖아."

131.
농장에 간 사자

사자가 농장에 들어갔다. 농부는 사자를 잡을 작정으로 문을 닫아걸었다. 밖으로 나갈 수 없다는 것을 깨달은 사자는 양을 덮쳐 죽이고 소까지 공격했다. 농부는 자기까지 해를 입을까 봐 걱정이 되었고, 결국 문을 열어 사자를 풀어주었다. 사자가 떠나자 농부는 양과 소가 죽은 것을 몹시 안타깝게 여기며 한숨을 쉬었다. 이 모든 걸 지켜본 농부의 아내가 말했다. "정말이지 자업자득이네요. 멀리서 사자 울음소리만 들려도 벌벌 떠는 사람이 어떻게 농장에 사자를 가두고 거기 같이 있을 생각을 했어요?"

132.
메르쿠리우스와 조각가

한번은 메르쿠리우스*가 인간들 사이에서 자신이 어떤 평가를 받는지 알아보기로 했다. 그는 사람으로 변장해 어느 조각가의 작업실을 방문했다. 여러 조각상을 둘러본 그는 유피테르와 유노의 상은 얼마인지 물었다. 두 조각상의 값을 알게 된 그는 자신의 상을 가리키며 조각가에게 말했다. "이 조각상은 틀림없이 훨씬 더 비싸겠군요. 신들의 전령이자 당신이 돈을 벌게 해주는 신을 조각한 상이잖아요." 그러자 조각가는 이렇게 대답했다. "글쎄, 저 조각상들을 사신다면 이건 그냥 드릴게요."

---

* 로마 신화에 등장하는 상업과 교역의 신으로, 그리스 신화의 헤르메스에 해당한다.

133.
백조와 거위

어떤 부자가 시장에서 거위와 백조를 샀다. 거위는 잡아먹으려고 키웠고, 백조는 노래를 듣기 위해 키웠다. 어느덧 적당한 때가 되어 요리사가 밤에 거위를 잡으러 갔다. 그런데 캄캄해서 누가 누구인지 구분할 수 없었던 탓에 실수로 거위가 아니라 백조를 잡았다. 그러자 죽을 위기에 처한 백조가 갑자기 노래를 불렀다. 다행히 목소리로 자신이 누구인지 알린 백조는 목숨을 건질 수 있었다.

134.
배부른 여우

몹시 굶주린 여우가 참나무 구멍에서 양치기가 남겨두고 간 빵과 고기를 발견했다. 여우는 구멍으로 기어들어가 배를 채웠다. 식사를 마친 여우는 너무 배가 불러 구멍에서 나올 수 없었다. 여우는 신음하며 자신의 신세를 한탄했다. 지나가던 다른 여우가 그 소리를 듣고는 와서 무슨 일인지 물었다. 자초지종을 알게 된 여우는 이렇게 말했다. "이런, 거기 계속 있어야겠네. 네가 구멍에 들어가기 전과 똑같아지면 그때는 쉽게 빠져나올 수 있겠지."

135.
여우와 나무꾼

사냥개에게 쫓기던 여우가 참나무를 베던 나무꾼을 만나자 안전하게 몸을 숨길 곳을 알려달라고 간청했다. 나무꾼은 여우에게 자신의 오두막에 숨으라고 일러주었고, 여우는 오두막 한구석에 몸을 숨겼다. 곧 사냥꾼이 사냥개를 데리고 나무꾼에게 와서 여우를 보았는지 물었다. 나무꾼은 여우를 본 적이 없다고 하면서도, 말하는 내내 손으로는 여우가 숨은 오두막을 가리켰다. 하지만 이 신호를 눈치채지 못한 사냥꾼은 나무꾼이 하는 말만 듣고서 서둘러 여우를 찾으러 떠나버렸다. 사냥꾼과 사냥개가 가고 나자, 여우는 나무꾼에게 아무 말도 하지 않은 채 떠나려고 했다. 그러자 나무꾼이 여우를 불러 비난하며 말했다. "이런 배은망덕한 녀석! 내가 목숨을 구해줬는데, 고맙다는 말 한마디 없이 떠나다니…" 여우는 이렇게 대꾸했다. "당신이 하는 말과 행동이 같았다면 진심으로 고마워했겠지. 하지만 당신의 손은 당신의 말과 다르게 움직이는 배신자였잖아!"

136.
새 사냥꾼과 자고새와 수탉

새 사냥꾼이 푸성귀로 저녁 식사를 차려서 막 먹으려던 참에 예상치 못하게 친구가 찾아왔다. 사냥꾼은 그날 아무것도 잡은 게 없어 새 올가미가 비어 있었기에, 어쩔 수 없이 미끼로 쓰려고 길들인 얼룩무늬 자고새를 죽여야 했다. 자고새는 목숨만 살려달라고 간곡히 빌었다. "내가 없으면 다음에 그물 칠 때 어떻게 하려고 그러세요? 누가 지저귀며 자장가를 불러줄까요? 누가 다른 새를 불러올까요?" 새 사냥꾼은 자고새를 살려주고, 이제 막 볏이 자라난 건강하고 어린 수탉을 잡기로 했다. 하지만 수탉도 홰대에서 애처로운 목소리로 사냥꾼을 설득했다. "나를 죽이면 동이 트는 건 누가 알려주겠어요? 누가 아침에 하루를 시작하도록 깨워주고, 새 올가미를 확인하러 갈 시간을 알려주겠어요?" 새 사냥꾼은 이렇게 대답했다. "네 말이 맞다. 너는 시간을 알려주는 훌륭한 닭이야. 하지만 내 친구와 나는 저녁을 먹어야 한단다."

궁할 때는 법도 없다.

137.
원숭이와 어부

원숭이가 높은 나무에 올라앉아서 강에 그물을 던지고 있는 어부를 발견하고는, 그들이 일하는 모습을 유심히 지켜보았다. 얼마 후 어부가 고기잡이를 멈추더니 그물을 강둑에 남겨둔 채 저녁을 먹으러 집으로 갔다. 흉내 내기라면 으뜸가는 동물인 원숭이는 나무 꼭대기에서 내려와 어부가 했던 대로 해보았다. 원숭이가 그물을 들어 강에 던지는데, 그만 그물망에 걸리는 바람에 물에 빠져 죽을 처지가 되었다. 원숭이는 숨을 거두기 직전에 이렇게 말했다. "나 스스로 물에 뛰어든 셈이지. 그물 한번 들어본 적 없는 내가 무슨 자격으로 물고기를 잡으려고 했던 거지?"

138.
벼룩과 격투기 선수

벼룩이 격투기 선수의 맨발을 물었다. 그는 비명을 지르며 헤라클레스에게 도움을 청했다. 벼룩이 다시 발에 뛰어오르자 그는 신음하며 말했다. "헤라클레스여! 벼룩을 상대로도 저를 도와주시지 않는데, 하물며 더 무시무시한 적들을 상대로 싸울 때 어떻게 당신의 도움을 바랍니까?"

139.
개구리 두 마리

개구리 두 마리가 한 연못에 살았다. 여름 더위에 연못이 말라 버리자 개구리는 그곳을 떠나 다른 집을 찾아나섰다. 가는 길에 우연히 물이 가득 차 있는 깊은 우물을 지나게 되었다. 우물을 본 개구리가 다른 개구리에게 말했다. "내려가서 이 우물에서 살자. 안전하게 지내면서 먹이도 구할 수 있을 거야." 다른 개구리는 신중하게 대답했다. "하지만 물이 말라버리면 어떻게 해? 이렇게 깊은 곳에서 어떻게 밖으로 다시 나올 수 있겠어?"

결과를 생각하지 않고 행동하지 마라.

140.
고양이와 쥐

어떤 집에 쥐가 들끓었다. 이 사실을 안 고양이가 그 집으로 가서 쥐를 한 마리씩 잡아먹었다. 목숨이 위태로워진 쥐는 구멍 속에서 숨어 지냈다. 더는 쥐를 잡을 수 없게 된 고양이는 꾀를 내어 쥐를 끌어내야겠다고 생각했다. 그래서 벽에 걸린 못 위로 뛰어올라 매달려서 죽은 척하고 있었다. 그러자 쥐 한 마리가 살며시 구멍 밖으로 고개를 내밀더니 고양이를 발견하고는 이렇게 말했다. "아이고, 고양이야! 네가 자루로 변한다고 해도 네 근처에는 얼씬도 하지 않을 거다."

141.
사자와 곰과 여우

　사자와 곰이 새끼 염소를 동시에 붙잡더니 서로 갖겠다고 치열하게 싸웠다. 둘은 끔찍할 정도로 서로를 물고 뜯으며 한참을 싸우다가 지쳐 쓰러졌다. 멀찌감치에서 맴돌고 있던 여우가 바닥에 뻗어 있는 사자와 곰 사이에서 새끼 염소를 보았다. 여우는 둘 사이로 달려가더니 새끼 염소를 잡아채서 있는 힘껏 도망쳤다. 여우를 보면서도 도저히 일어날 수가 없었던 사자와 곰은 이렇게 말했다. "이게 무슨 꼴이람. 그렇게 힘들게 싸웠는데 결국 여우에게 가져다 바친 꼴이 되었네."

　고생한 사람 따로, 돈 버는 사람 따로 있다.

142.
암사슴과 사자

사냥꾼에게 쫓기던 암사슴이 사자 굴로 도망쳤다. 암사슴이 오는 것을 보고 몸을 숨긴 사자는 무사히 굴에 들어온 암사슴을 덮쳐서 갈기갈기 찢어버렸다. 암사슴은 비명을 질렀다. "어떻게 이럴 수가! 기껏 사냥꾼을 피해 도망쳤더니 내 발로 맹수의 아가리로 들어왔단 말인가?"

재앙을 피하려다
또 다른 재앙에 빠지지 않도록 조심해야 한다.

143.
농부와 여우

닭장에서 닭을 훔치는 여우 때문에 분통을 터뜨리던 농부가 마침내 여우를 붙잡았다. 농부는 여우에게 뜨거운 맛을 보여주겠다고 마음먹고 기름에 푹 적신 밧줄을 여우 꼬리에 묶은 다음 불을 붙였다. 운명의 장난인지 여우는 하필이면 그 농부의 밭으로 달아나버렸다. 공교롭게도 때는 밀 수확기였고, 결국 농부는 그해 아무것도 거두지 못한 채 슬픔에 잠겨 집으로 돌아왔다.

144.
갈매기와 솔개

갈매기가 너무 큰 물고기를 삼키려다가 식도가 터진 채 바닷가에 쓰러져 죽음을 맞이하고 있었다. 솔개가 갈매기를 보더니 이렇게 외쳤다. "벌 받을 만했구나. 하늘을 나는 새가 바다에서 먹이를 찾다니."

모두 자기 일에 전념하며 만족해야 한다.

145.
철학자와 개미와 메르쿠리우스

철학자가 바닷가에서 배가 난파되는 것을 목격했다. 선원과 승객은 모두 익사했다. 철학자는 배에 탄 단 한 명의 범죄자 때문에 무고한 사람들을 희생시키는 것은 신의 부당한 처사라고 통렬히 비판했다. 이런 생각에 잠겨 있던 철학자가 문득 정신을 차려 보니 근처 개미집에서 나온 개미 떼가 자신을 둘러싸고 있었다. 그중 한 마리가 몸에 기어올라 그를 물자, 그는 곧바로 개미 떼를 모두 짓밟아 죽여버렸다. 그때 메르쿠리우스가 나타나더니 지팡이로 철학자를 때리며 말했다. "이런데도 네가 감히 신의 처사를 비난하겠다는 것이냐? 너 자신이 이 불쌍한 개미에게 똑같은 짓을 하고도 말이냐?"

146.

쥐와 황소

황소가 쥐에게 물려 상처가 났다. 화가 난 황소는 쥐를 잡으려고 했다. 하지만 쥐는 무사히 구멍으로 들어갔다. 황소가 뿔로 벽 속 깊숙한 곳까지 파헤쳤지만, 쥐를 찾아내기 전에 지쳐서 구멍 앞에 웅크린 채 잠들어버렸다. 그사이에 다시 나온 쥐가 소의 옆구리를 타고 살금살금 기어 올라가서는 또 한 번 물고 구멍으로 들어갔다. 깜짝 놀라 일어난 황소는 어찌할 바를 몰라 몹시 당혹스러워했다. 그러자 쥐가 이렇게 말했다. "크다고 늘 이기는 건 아니야. 못된 짓을 하는 데는 작고 하찮은 것이 더 독할 때가 있거든."

147.
사자와 토끼

사자가 곤히 잠든 토끼를 발견했다. 사자가 토끼를 붙잡으려는 순간 젊고 건강한 수사슴이 지나갔다. 사자는 토끼를 두고 사슴을 따라갔고, 시끄러운 소리에 놀란 토끼는 잠에서 깨어 도망쳤다. 사자는 오랫동안 사슴을 추격했지만 결국 놓쳤고, 토끼를 먹으러 다시 돌아왔다. 토끼가 이미 달아난 것을 발견한 사자는 이렇게 말했다. "당연한 결과로구나. 더 큰 것을 얻겠다고 손안에 든 먹이를 놓아버리다니."

148.

농부와 독수리

농부가 덫에 걸린 독수리를 발견했다. 독수리의 자태에 탄복한 농부는 새를 풀어주었다. 독수리는 은혜를 잊지 않고, 농부가 곧 무너질 듯 위태로운 담벼락 아래에 앉아 있는 것을 보자, 바로 날아가서 농부가 머리에 이고 있던 짐을 발톱으로 낚아채 갔다. 농부가 벌떡 일어나 쫓아가자 독수리는 바로 짐을 떨어뜨려 주었다. 짐을 들고 다시 돌아온 농부는 자신이 앉아 있던 자리에 담벼락이 산산조각이 나 있는 것을 보았다. 그제야 비로소 독수리가 베풀어준 은혜에 감탄했다.

149.

메르쿠리우스 조각상과 목수

몹시 가난한 목수에게 메르쿠리우스 신의 목상이 있었다. 목수는 이 조각상 앞에 날마다 제물을 바치며 부자가 되게 해달라고 빌었다. 하지만 간곡한 기도에도 목수는 점점 더 가난해졌다. 결국 화가 머리끝까지 난 목수는 제단에서 조각상을 내려 벽에다 내동댕이쳤다. 그러자 조각상의 머리가 떨어져 나가면서 금덩어리가 쏟아져 나왔다. 목수는 재빨리 금을 주워담으며 이렇게 말했다. "이런, 당신은 정말 어처구니없는 신이군요. 내가 예를 갖출 때는 어떤 은혜도 받지 못했는데, 이렇게 함부로 대하니 넘치는 부를 주시다니요."

150.
황소와 염소

사자를 피해 달아나던 황소가 얼마 전까지 목자들이 머물렀던 동굴로 숨어들었다. 황소가 들어가자마자 동굴에 남아 있던 숫염소가 뿔로 세차게 들이받았다. 황소는 염소에게 조용히 말했다. "실컷 들이받아 봐라. 내가 두려워하는 것은 사자지 네가 아니다. 그 괴물 같은 놈이 사라지면 염소와 황소의 힘이 어떻게 다른지 바로 알려주마."

친구의 곤란한 처지를
기회로 이용하려는 것은 비열한 짓이다.

151.

춤추는 원숭이

왕자가 원숭이에게 춤추는 훈련을 시켰다. 본래 사람의 행동을 따라 하는 데 능한 만큼 원숭이는 타고난 소질을 보였고, 화려한 의상과 가면으로 꾸미고 나서면 여느 신하 못지않게 춤을 잘 추었다. 원숭이 공연은 자주 열렸고 열화와 같은 박수를 받았다. 그러던 어느 날 짓궂은 신하가 주머니에서 나무 열매를 한 줌 꺼내 무대로 던졌다. 열매를 본 원숭이는 춤추는 걸 잊고 공연자가 아닌 원숭이 본연의 모습으로 돌아갔다. 그들은 가면을 벗어던지고 의상을 찢어발기면서 열매를 차지하려고 서로 싸웠다. 결국 관객들의 비웃음과 놀림 속에서 공연은 막을 내렸다.

152.

여우와 표범

여우와 표범이 둘 중 누가 더 아름다운지를 두고 언쟁을 벌였다. 표범은 제 가죽에 장식된 여러 가지 무늬를 하나씩 선보였다. 여우가 중간에 끼어들어 말했다. "그러니 내가 너보다 훨씬 더 아름다운 거지. 나는 몸이 아니라 마음이 아름답게 가꾸어져 있으니까."

153.

어미 원숭이와 새끼들

전해지는 말로 원숭이는 한배에 새끼 둘을 낳는다고 한다. 어미는 둘 중 하나만 정성껏 아끼며 보살피고, 다른 하나는 미워하며 제대로 돌보지 않는다. 그러다 한번은 관심과 사랑을 한 몸에 받던 새끼 원숭이가 어미의 지나친 애정 때문에 숨이 막혀 죽고 말았다. 반면 어미에게 외면당했던 새끼는 그렇게 방치되었음에도 잘 성장했다.

최선의 의도가 성공을 보장하지는 않는다.

154.
대머리 기사

가발을 쓰는 대머리 기사가 사냥을 나갔다. 갑자기 바람이 획 불어와 그의 모자와 가발이 벗겨지자 동료들이 큰 소리로 웃었다. 그는 말을 세우더니 회심의 미소를 지으며 함께 우스갯소리를 했다. "그것참 놀랍군, 내 것도 아닌 머리가 내게서 날아가다니. 그런데 그 머리카락은 이미 원래 주인도 버리고 떠난 전적이 있잖아?"

155.
토끼와 사냥개

사냥개가 토끼 굴에서 토끼를 몰아내고는 뒤를 쫓았다. 하지만 사냥개는 꽤 오래 뒤쫓았음에도 결국 토끼를 단념했다. 추격을 멈춘 사냥개를 본 염소몰이꾼이 놀려대며 이렇게 말했다. "둘 중에 작은 녀석이 더 잘 달리는구나." 그러자 사냥개는 이렇게 대꾸했다. "우리 둘이 뭐가 다른지 잘 모르는군. 나는 단지 저녁거리를 위해 달렸지만, 그 녀석은 목숨을 걸고 달린 거야."

156.
여행자와 행운

긴 여행으로 지친 여행자가 깊은 우물 바로 옆에서 피곤을 이기지 못하고 쓰러졌다. 그가 곧 우물 속으로 떨어지려는 순간, 전해지기로는 운명의 여신이 나타나 그를 잠에서 깨우며 이렇게 말했다고 한다. "이봐요, 제발 일어나요. 당신이 우물에 빠지면 분명 내 탓을 할 거잖아요? 그러면 인간들 사이에서 내 평판이 나빠질 거라고요. 인간들은 자신의 어리석음으로 인해 생긴 불행도 꼭 내 탓을 하더라니까요."

누구나 얼마간은 자신의 운명에 책임이 있다.

157.
참나무와 유피테르

참나무가 유피테르에게 불만을 털어놓았다. "우리는 공연히 힘들게 살아가고 있는 것 같아요. 숲에서 자라는 나무 중에서 가장 자주 도끼에 찍히는 나무가 바로 우리잖아요." 유피테르는 이렇게 답했다. "너희가 처한 불행은 오롯이 너희 탓이다. 너희가 그렇게 훌륭한 기둥과 말뚝이 되지 않고, 목수와 농부들에게 그렇게 쓸모가 있지 않았다면, 도끼가 그렇게 자주 너희의 밑동을 후려치지는 않았을 테니까."

158.
양치기와 개

밤이 되어 양치기가 양을 우리 안으로 들이고 문을 걸어 잠그려는데, 자칫하면 늑대 한 마리도 같이 가둘 참이었다. 그때 양치기의 개가 늑대를 발견하고 이렇게 말했다. "주인님, 우리 안에 늑대를 들여놓고 양이 무사하기를 바랄 수는 없겠죠?"

159.
등잔

기름을 너무 많이 머금어 환하게 타오르던 등잔불이 태양보다 더 밝게 빛난다고 우쭐댔다. 그때 갑자기 한 줄기 바람이 불어와 등잔불을 바로 꺼버렸다. 주인이 등잔에 다시 불을 붙이며 이렇게 말했다. "더는 자랑하지 말고, 조용히 빛나는 데 만족하여라. 별들은 다시 불을 붙일 필요가 없다는 것을 알아야지."

160.

사자와 여우와 당나귀

　사자와 여우와 당나귀가 서로 힘을 합쳐 사냥하기로 했다. 숲에서 먹이를 잔뜩 사냥하고 돌아오는 길에 사자가 당나귀에게 셋이 가져갈 몫을 정당하게 나누어달라고 부탁했다. 당나귀는 신중하게 사냥한 먹이를 삼등분하고는 다른 둘에게 먼저 고르라고 점잖게 요청했다. 그러자 사자가 불같이 화를 내더니 당나귀를 잡아먹어 버렸다. 사자가 이번에는 여우에게 사냥한 걸 나누어달라고 부탁했다. 여우는 함께 잡은 먹이를 한데 모아놓고 자기 몫으로는 최대한 작은 조각을 남겨두었다. 이를 본 사자가 말했다. "탁월한 동료여, 이렇게 나누는 방법을 누가 가르쳐주었는가? 완벽하게 나누었구나." 그러자 여우는 이렇게 답했다. "당나귀에게 배웠지. 당나귀의 운명을 보고 말이야."

　다른 이의 불행에서 배우는 자가 행복을 얻는다.

161.

황소와 암사자와 멧돼지 사냥꾼

황소가 잠든 새끼 사자를 발견하고는 뿔로 들이받아 죽였다. 암사자가 나타나서 새끼가 죽은 것을 알고 몹시 슬퍼했다. 고통스러워하는 모습을 본 멧돼지 사냥꾼이 멀찌감치 서서 암사자에게 말했다. "아이를 잃고 슬퍼하는 사람이 얼마나 많은지 생각해보렴. 네가 목숨을 앗아간 그 아이들 말이야."

162.

참나무와 나무꾼

나무꾼이 산에서 참나무를 베어 쪼개고, 그 가지로 쐐기를 만들어 나무 몸통을 갈랐다. 참나무가 한숨을 내쉬며 말했다. "내 밑동을 향해 도끼를 휘두르는 것은 개의치 않지만, 내 가지로 만든 쐐기로 산산조각이 나는 것은 진정 슬프구나."

자신에게서 비롯한 불행이야말로 가장 견디기 어렵다.

163.
암탉과 황금알

어느 촌부와 그의 아내에게 날마다 황금알을 낳는 암탉이 있었다. 암탉의 몸속에 틀림없이 커다란 황금 덩어리가 있으리라 생각한 부부는 그 금덩어리를 얻을 작정으로 닭을 죽였다. 그런데 놀랍게도 그 암탉은 여느 암탉과 다를 바가 없었다. 어리석은 부부는 단번에 부자가 되기를 바라다가 날마다 꼬박꼬박 얻을 수 있었던 것을 스스로 잃고 말았다.

164.
당나귀와 개구리

나뭇짐을 실은 당나귀가 연못을 지나갔다. 당나귀는 물을 건너다가 그만 발을 헛디뎌 비틀거리며 넘어졌는데, 짐이 너무 무거워 일어서지 못하고 힘겹게 신음했다. 그 연못에 사는 개구리가 당나귀의 신음을 듣더니 이렇게 말했다. "물에 한 번 빠졌다고 그렇게 호들갑을 떨다니, 우리처럼 여기서 살아야 한다면 어쩔 셈이야?"

사람들은 큰 불행보다 작은 고통을 견디기 어려워한다.

165.
까마귀와 갈까마귀

까마귀는 갈까마귀를 질투했다. 갈까마귀는 좋은 징조를 뜻하는 새로 여겨져 늘 사람들의 관심을 끌었고, 갈까마귀가 나는 모습을 보고 앞날의 길흉을 점쳤기 때문이다. 어느 날 여행자들이 다가오는 것을 본 까마귀는 나무로 날아가 가지에 앉아서 있는 힘껏 깍깍 울어댔다. 그 소리를 들은 여행자들이 돌아보면서 어떤 징조인지 궁금해했다. 그러자 일행 중 한 명이 동행에게 이렇게 말했다. "가던 길이나 가자고, 그냥 까마귀 울음소리야. 알다시피 까마귀 소리는 아무런 징조도 아니잖아."

자신에게 어울리지 않는 역할을 가장해봐야
웃음거리가 될 뿐이다.

166.
나무와 도끼

한 남자가 숲에 들어가서 나무에게 도끼에 끼울 자루를 달라고 부탁했다. 나무는 남자의 부탁을 들어주기로 하고 튼튼한 물푸레나무를 주었다. 남자는 물푸레나무로 만든 자루를 도끼에 끼우자마자 휘두르기 시작했고, 숲에서 가장 웅장한 거목들이 빠르게 쓰러져갔다. 오래된 참나무가 뒤늦게 동료들이 쓰러진 것을 한탄하며 이웃한 삼나무에게 말했다. "처음 시작부터 잘못된 거야. 우리가 물푸레나무를 주지만 않았어도 언제나처럼 이 자리에 오랫동안 서 있을 수 있었을 텐데…"

167.

게와 여우

게가 바닷가를 떠나 근처의 푸른 초원에서 먹이를 구하기로 했다. 그런데 몹시 허기진 여우가 우연히 게를 발견하고는 한입에 먹어 버렸다. 여우에게 먹히기 직전 게는 이렇게 말했다. "다 내 탓이지. 내 천성과 습성이 모두 바다에 맞춰져 있는데 무슨 까닭으로 뭍에 있었단 말인가?"

자기 자리에 만족하는 것도 행복의 한 요소다.

168.

여자와 암탉

한 여자에게 하루에 한 개씩 알을 낳는 암탉이 있었다. 그녀는 하루에 하나가 아니라 두 개씩 얻을 수 있는 방법이 없을지 생각해 보곤 했다. 마침내 그녀는 달걀 두 개를 얻기 위해 암탉에게 보리를 두 배로 주기로 했다. 그날부터 암탉은 토실토실 살이 찌더니 다시는 알을 낳지 않게 되었다.

169.
당나귀와 나이 든 목자

당나귀가 초원에서 풀을 뜯는 것을 지켜보던 목자가 별안간 들려온 적의 외침에 깜짝 놀랐다. 그는 둘 다 붙잡힐 것이 걱정되어 당나귀에게 함께 도망가자고 애원했지만, 당나귀는 느긋하게 대답했다. "내가 왜 도망가야 하죠? 정복자가 내게 짐 바구니를 두 벌씩 지게 할까요?" "아니." 목자가 대답했다. "그렇다면 어차피 짐 바구니를 지는 건 마찬가지인데, 누구를 위해 일하든 무슨 상관이겠어요?"

권력이 바뀌어도 가난한 자에게는
주인의 이름 외에 바뀌는 것이 없다.

170.
솔개과 백조

옛날에는 솔개도 백조처럼 노래를 할 수 있었다. 그러다 하루는 말 우는 소리를 들은 솔개가 그 소리에 푹 빠져서 그대로 따라 하려고 했다. 하지만 말처럼 울려다가 오히려 노래하는 법을 잊고 말았다.

허황한 이익을 좇다가는 지금 가진 축복마저 잃을 수 있다.

171.
늑대와 양치기 개

늑대가 양치기 개에게 이렇게 말했다. "너희는 우리와 비슷한 점이 많은데, 왜 우리와 한마음으로 형제처럼 지내지 않는 거야? 우리가 다른 점은 딱 하나야. 우리는 자유롭게 살지만 너희는 인간에게 복종하면서 노예처럼 일한다는 거지. 그런데도 인간들은 그렇게 봉사하는 너희를 채찍으로 때리고, 목에는 목줄을 채우지. 게다가 양을 지키게 하면서 정작 양고기를 먹을 때 너희에게는 뼈만 던져주잖아. 너희가 우리 말을 믿고 양을 넘겨주면 우리 모두 다 같이 물리도록 양고기를 나누어 먹을 거야." 개는 이 말을 좋게 듣고 늑대 굴로 들어갔는데, 늑대는 바로 개를 습격해 갈기갈기 찢어놓았다.

172.
토끼와 여우

토끼가 독수리와 전쟁을 벌이다가 여우에게 도움을 청했다. 여우는 이렇게 답했다. "우리도 기꺼이 너희를 도와주고 싶지. 그런데 너희가 누구인지 알고, 너희가 싸우는 상대가 누구인지 아는 이상 그럴 수가 없구나."

저지르기 전에 대가를 먼저 계산해보라.

173.

궁수와 사자

능수능란한 궁수가 사냥감을 찾아서 산으로 갔다. 하지만 그가 나타나자 숲속 동물들이 모두 달아나고, 오직 사자만이 그에게 도전했다. 궁수는 곧바로 화살을 쏘며 사자에게 말했다. "너에게 내 전령을 보내나니, 그에게서 내가 너를 직접 공격하면 어떻게 될지 알아두거라." 화살에 상처를 입은 사자는 겁에 질려 황급히 도망쳤다. 이 모든 것을 지켜본 여우가 첫 공격에 물러나지 말고 용기를 내라고 말하자 사자는 이렇게 답했다. "그런 충고는 소용없다. 전령조차 이렇게 무시무시한데, 그가 직접 공격하면 내가 어떻게 견딜 수 있겠느냐?"

멀리서 공격할 수 있는 사람을 경계하라.

174.

낙타

사람이 처음으로 낙타를 보았을 때 그 거대한 몸집에 기겁해 도망쳤다. 시간이 흐르면서 낙타의 온순하고 부드러운 기질을 알게 되자 용기를 내어 다가갈 수 있었다. 곧이어 낙타가 기백이라고는 없는 동물인 것을 깨닫고는 대담하게 낙타의 입에 굴레를 씌우고 아이가 모는 것도 허락해주었다.

익숙해지면 두려움도 극복된다.

175.

말벌과 뱀

말벌이 뱀 머리에 앉아 쉴 새 없이 침으로 찔러대며 치명적인 상처를 입혔다. 극심한 고통에 시달리던 뱀은 적을 떼어낼 방법을 찾지 못하다가 나무가 잔뜩 실린 수레를 발견했다. 뱀은 일부러 자신의 머리를 바퀴 아래에 밀어넣으며 이렇게 말했다. "최소한 내 적은 나와 함께 죽을 것이다."

176.

개와 토끼

사냥개가 비탈에서 토끼를 몰아 한참을 뒤쫓아갔다. 사냥개는 숨통이라도 끊어놓을 듯이 이빨로 토끼를 무는가 하면, 다른 개와 장난칠 때처럼 토끼에게 알랑거리며 달라붙기도 했다. 토끼는 개에게 이렇게 말했다. "나를 진심으로 대해주면 좋겠어. 네 진짜 모습을 보여줘. 친구라면 왜 나를 이렇게 세게 무는 거야? 적이라면 왜 이렇게 친근하게 구는 거야?"

믿어야 할지 의심해야 할지 알 수 없는 사람과는 누구도 친구가 될 수 없다.

177.
황소와 송아지

황소가 우리로 이어지는 좁은 통로를 비집고 지나가려고 안간힘을 쓰고 있었다. 그때 어린 송아지가 나타나더니 자신이 앞장서 가면서 황소가 지나갈 길을 알려주겠다고 했다. 그러자 황소가 이렇게 대답했다. "괜한 수고 할 것 없다. 나는 네가 태어나기 한참 전부터 알고 있던 길이니까."

178.
사슴과 늑대와 양

사슴이 양에게 밀 한 되를 빌려달라고 부탁하면서 늑대가 보증해줄 거라고 말했다. 뭔가 속임수가 있는 건 아닌지 걱정스러웠던 양은 이렇게 변명했다. "늑대는 원하는 걸 빼앗아서 달아나는 버릇이 있잖아, 너도 재빨리 달아날 수 있고. 그러면 갚을 날이 되었을 때 내가 너희를 어떻게 찾을 수 있을까?"

검정에 검정을 더한다고 흰색이 되지는 않는다.

179.
공작과 두루미

화려한 꼬리를 펼친 공작이 지나가는 두루미를 놀렸다. 공작은 두루미의 잿빛 깃털을 비웃으며 말했다. "나는 왕처럼 금빛과 자줏빛과 색색의 무지갯빛으로 차려입었지. 너는 날개에 색깔이라고는 조금도 없구나." 여기에 두루미가 대답했다. "맞아. 하지만 나는 하늘 높이 솟아올라 별들에게 말할 수 있어. 그런데 너는 땅에서 거름더미 사이를 헤치며 닭처럼 걸어다니고 있잖아."

깃털이 훌륭하다고 해서 훌륭한 새가 되는 것은 아니다.

180.
여우와 고슴도치

급류가 흐르는 강을 헤엄쳐 건너던 여우가 사나운 물살에 휩쓸려 깊은 협곡으로 떠내려갔다. 멍투성이에 움직일 수 없을 정도로 다쳐 오랫동안 쓰러져 있던 여우에게 굶주린 흡혈파리 떼가 날아와 앉았다. 지나가던 고슴도치가 고통스러워하는 여우에게 너를 괴롭히는 파리 떼를 쫓아 줄까, 하고 물었다. 여우는 이렇게 대답했다. "무슨 일이 있어도 파리 떼를 방해하지 말아줘." 고슴도치가 의아해했다. "어째서? 파리 떼를 쫓아버리고 싶지 않아?" 여우가 말했다. "아니야. 이 파리 떼는 피를 잔뜩 먹어서 나를 거의 찌르지 않아. 하지만 네가 이 배부른 녀석들을 쫓아버리면 대신 더 배고픈 놈들이 와서 내게 남은 피를 모두 빨아먹어 버릴 거야."

181.
독수리와 고양이와 암컷 멧돼지

독수리는 높은 참나무 꼭대기에 둥지를 틀었다. 고양이는 나무 몸통 가운데에 마침맞은 구멍을 발견해 자리를 잡았다. 암컷 멧돼지는 새끼들과 함께 나무 발치의 우묵한 곳을 은신처로 삼았다. 고양이는 이렇게 우연히 만들어진 작은 마을을 교활한 꾀로 망가뜨릴 계획을 세우고 실행에 들어갔다. 먼저 독수리 둥지로 올라간 고양이는 이렇게 말했다. "우리에게 곧 재앙이 닥칠 거야. 멧돼지가 날마다 땅을 파헤치는 거 봤지? 참나무를 뿌리째 뽑으려는 속셈이야. 나무가 쓰러지면 우리 가족들을 잡아다가 자기 새끼들에게 먹이로 주려는 거지." 독수리를 겁에 질리게 한 고양이는 멧돼지 굴로 내려가 이렇게 말했다. "지금 네 새끼들이 몹시 위험해. 네가 새끼들과 먹이를 구하러 나가면 독수리가 그때 바로 새끼를 낚아챌 작정이거든." 멧돼지에게 잔뜩 겁을 준 고양이는 나무 구멍으로 들어가 숨는 척했다. 밤이 되자 고양이는 조용히 걸어나와 제 식구들 먹을 먹이를 구했다. 하지만 겁먹은 척하느라 낮에는 내내 경계 태세로 지냈다. 그사이 멧돼지 때문에 두려움에 휩싸인 독수리는 나뭇가지에서 꼼짝하지 않고 앉아 있었고, 독수리 때문에 겁에 질린 멧돼지는 감히 굴에서 나올 생각을 하지 못했다. 결국 독수리와 멧돼지 양쪽 모두 가족들까지 함께 굶주리다 죽게 되었고, 덕분에 고양이와 새끼들에게 풍족한 식량이 되어 주었다.

182.
도둑과 여관 주인

어느 도둑이 여관방을 빌리고 한동안 머물면서 숙박비가 될 만한 것을 훔치려고 기회를 노리고 있었다. 며칠 동안 소득 없이 시간만 보내던 도둑은 여관 주인이 근사한 새 외투를 입고 문 앞에 앉아 있는 것을 보았다. 도둑은 여관 주인 옆에 앉아 이야기를 나누다 대화가 시들해지자, 입을 크게 벌려 하품을 하면서 늑대처럼 울부짖었다. 여관 주인이 물었다. "왜 그렇게 무시무시하게 울부짖어요?" 도둑은 이렇게 말했다. "말씀드리죠. 그런데 우선 제 옷을 좀 잡아주세요. 그렇지 않으면 제가 옷을 갈기갈기 찢어버리게 될 거예요. 언제부터 이렇게 하품하는 습관이 생겼는지는 저도 모르겠어요. 이렇게 울부짖는 발작이 제가 저지른 죄에 대한 벌인지 아니면 다른 원인이 있는 건지도 모르겠고요. 하지만 분명한 건 세 번째로 하품을 하면 정말로 늑대로 변해서 사람들을 공격한다는 거예요." 이렇게 말하면서 도둑은 두 번째로 하품하며 발작을 일으켰고, 처음과 마찬가지로 늑대처럼 울부짖었다. 도둑의 이야기를 곧이곧대로 믿은 여관 주인은 너무 놀라서 자리에서 벌떡 일어나 달아나려 했다. 도둑은 그의 외투를 움켜잡고 간청했다. "제발 기다려주세요, 선생님. 제 옷을 좀 잡아주세요. 그렇지 않으면 늑대로 변하면서 화를 이기지 못하고 옷을 찢게 될 거예요." 그 말이 떨어지기가 무섭게 도둑은 세 번째로 하품을 하더니 살벌하게 울부짖었다. 여관 주인은 공격당할 게 두려워 새 외투를 도둑 손에 남겨둔 채 여관 안으로 최대한 빠르게 달려 들어갔다. 도둑은 외투를 들고 도망쳤고 다시는 여관으로 돌아오지 않았다.

모든 이야기가 믿을 만한 것은 아니다.

183.

노새

일도 없는 데다 여물까지 잔뜩 먹어서 기분이 좋아진 노새가 이리저리 날뛰며 혼잣말로 떠들었다. "아버지는 틀림없이 기운 넘치는 경주마였을 거야. 나도 아버지 자식이니 이렇게 빠르고 활기찬 거지." 다음 날 먼 길을 가게 된 노새는 기진맥진해서 침울한 목소리로 말했다. "내가 잘못 생각했나 봐. 결국 내 아버지는 그냥 당나귀였나 봐."

184.

호두나무

길가에 서 있는 호두나무에 열매가 풍성하게 열렸다. 지나는 사람들이 열매를 얻으려고 돌멩이와 막대기로 가지를 부러뜨렸다. 그러자 호두나무가 애처롭게 외쳤다. "이렇게 비참한 신세라니! 내 열매로 힘을 북돋우는 사람들이 정작 내게는 이런 고통을 안겨주는구나!"

185.
뱀과 독수리

　뱀과 독수리가 필사적으로 싸우고 있었다. 뱀이 유리한 위치에서 독수리를 친친 감아 숨통을 조이려는 참이었다. 이를 본 어느 촌부가 달려와서 똬리 튼 뱀을 풀어내고 독수리를 놓아주었다. 먹잇감이 달아나자 짜증이 난 뱀은 뿔로 만든 촌부의 물잔에 독을 뿜어놓았다. 촌부가 위험에 처한 것도 모르고 물을 마시려는 찰나 독수리가 날개로 그의 손을 쳐 내고 발톱으로 뿔잔을 낚아채 높이 날아가버렸다.

186.
까마귀와 물항아리

죽을 만큼 목이 마른 까마귀가 물항아리를 보고는 물이 있기를 바라며 반갑게 날아갔다. 그런데 안타깝게도 항아리에 든 물이 너무 적어서 도저히 부리가 닿지 않을 정도였다. 까마귀는 물을 마시려고 이 방법 저 방법 다 써보았지만 모두 헛수고였다. 마지막으로 까마귀는 할 수 있는 만큼 돌을 많이 날라와서 항아리에 하나씩 떨어뜨렸다. 그러자 물이 부리에 닿을 만큼 차올랐고 까마귀는 목숨을 구할 수 있었다.

필요는 발명의 어머니다.

187.
개구리 두 마리

개구리 두 마리가 이웃으로 살았다. 하나는 사람들의 눈이 닿지 않는 깊은 연못에 살았고, 다른 하나는 시골길이 지나는 도랑의 물이 거의 없는 곳에 살았다. 연못에 사는 개구리는 친구에게 지금 사는 곳을 떠나 자신과 함께 살자고 간곡히 부탁하며, 연못은 훨씬 더 안전하고 먹을 것도 넉넉하다고 말했다. 하지만 도랑에 사는 개구리는 익숙한 곳을 떠나기가 힘들다며 거절했다. 며칠 후에 무거운 수레가 도랑을 지나는 바람에 개구리는 바퀴에 깔려 죽고 말았다.

고집쟁이는 화를 자초한다.

188.
늑대와 여우

한번은 늑대 무리에서 몸집이 무척 크고 힘이 센 늑대가 태어났다. 힘과 덩치와 속도가 동료들보다 월등했기에 늑대들은 그를 '사자'로 부르는 데 이견이 없었다. 하지만 거대한 덩치에 비해 분별력이 부족했던 이 늑대는, 동료들이 자신을 진지하게 '사자'로 부른다고 생각하고 늑대 무리를 떠나 사자들과만 어울렸다. 노회한 여우가 이 모습을 보고 이렇게 말했다. "너처럼 자만과 허영에 빠져 자신을 웃음거리로 만드는 일은 절대로 없어야 할 텐데…. 늑대들 사이에서야 네가 사자처럼 컸을지 몰라도, 사자 무리에 가면 너는 영락없는 늑대일 뿐이니까."

189.

수사슴과 포도나무

사냥꾼에게 쫓겨 곤경에 처한 수사슴이 넓적한 포도나무 잎 아래로 숨었다. 사냥꾼은 너무 서두른 나머지 사슴이 숨은 곳을 지나쳤다. 이제 위험한 순간은 다 지나갔다고 생각한 수사슴은 포도나무 덩굴손을 갉아먹기 시작했다. 잎이 바스락거리는 소리를 들은 사냥꾼이 고개를 돌리다 수사슴을 발견하고는 활을 쏘아 명중시켰다. 수사슴은 죽기 직전에 신음하듯 말했다. "벌을 받아 마땅하지. 나를 구해준 포도나무를 그렇게 함부로 대했으니."

190.
모기와 사자

모기가 사자에게 와서 말했다. "나는 네가 조금도 무섭지 않아. 네가 나보다 힘이 센 것도 아니야. 네 힘이라는 게 뭐지? 발톱으로 할퀴고 이빨로 무는 거잖아. 그런 건 말다툼하는 여자도 할 수 있다고. 다시 말하지만 나는 너보다 훨씬 강하거든. 의심스러우면 누가 이기나 한번 붙어보자고." 모기는 뿔피리처럼 앵앵거리며 사자에게 매달려 양쪽 콧방울을 물고, 얼굴에서 털이 없는 곳만 골라가며 물었다. 사자는 모기를 쫓으려고 발톱을 휘두르다 제 얼굴만 할퀸 끝에 심한 상처를 입었다. 이렇게 사자를 이긴 모기는 날갯짓으로 승리의 노래를 울리며 날아갔다. 하지만 얼마 못 가 거미줄에 걸려 거미에게 먹히는 신세가 되었다. 모기는 자신의 운명에 한탄하며 말했다. "어떻게 이럴 수가! 거대한 짐승과 싸워도 이기는 내가 이렇게 하찮은 거미에게 죽다니!"

191.
원숭이와 돌고래

긴 항해를 떠나는 선원이 배에서 지내는 동안 즐겁게 해줄 원숭이를 데려갔다. 그들이 그리스 해안을 지날 때 사나운 폭풍이 일어 배가 난파되는 바람에, 그와 원숭이를 비롯한 모든 승무원이 목숨을 건지기 위해 헤엄을 쳐야 했다. 그때 돌고래가 파도와 싸우는 원숭이를 보았다. 항상 사람을 돕는다고 알려져 있는 돌고래는 원숭이가 사람인 줄 알고 다가가서는 원숭이를 등에 태워 해안까지 무사히 데려다주었다. 아테네에서 가까운 육지가 보이자 돌고래가 원숭이에게 혹시 아테네 사람이냐고 물었다. 원숭이는 그렇다고 대답하며 아테네에서 가장 지체 높은 가문 출신이라고 말했다. 그러자 돌고래가 혹시 피레우스를 아느냐고 물었다. 하지만 아테네의 유명한 항구인 피레우스를 사람 이름으로 착각한 원숭이는 그와 아주 잘 아는 사이로 가까운 친구라고 말해버렸다. 거짓말에 화가 난 돌고래는 바로 원숭이를 물속에 처박아 익사시켜버렸다.

192.
까치와 비둘기

먹이가 풍족한 비둘기장을 본 까치가 그걸 같이 먹고 싶어서 자기 몸을 하얗게 칠하고 갔다. 까치가 말없이 지내는 동안에는 비둘기들이 그를 같은 비둘기라고 생각해 비둘기장으로 들어오게 해주었다. 하지만 어느 날 까치가 무심결에 재잘대기 시작하자 비둘기들이 그의 정체를 알아채고 부리로 쪼아 쫓아내버렸다. 비둘기한테서 먹이를 얻지 못한 까치는 다시 까치 무리로 돌아갔다. 하지만 까치들이 하얗게 칠한 그를 알아보지 못하고 쫓아내버렸다. 결국 그는 두 가지를 얻으려다 하나도 얻지 못하였다.

193.
말과 수사슴

한때는 이 모든 평원이 말의 것이었다. 그런데 어느 날 수사슴이 그의 영역에 침입해 함께 풀을 먹었다. 말은 이 침입자에게 복수하려고 인간에게 수사슴 응징하는 것을 도와줄 수 있는지 물었다. 인간이 말하길, 말이 입에 재갈을 물고 자신을 태워준다면 수사슴을 공격하기 좋은 무기를 궁리해보겠다고 했다. 말은 인간의 제안에 동의해 그를 등에 태웠다. 바로 그 순간, 말은 자신이 사슴에게 복수를 하기는커녕 자청하여 인간을 위해 일하는 노예 신세가 되었다는 것을 깨달았다.

194.
새끼 염소와 늑대

목초지에서 무방비 상태로 돌아오던 새끼 염소가 늑대에게 쫓기게 되었다. 새끼 염소는 달아날 수 없다는 것을 깨닫고 돌아서서 이렇게 말했다. "알아요, 늑대 님. 나는 당신의 먹이가 되겠죠. 하지만 죽기 전에 부탁 한 가지만 들어주세요. 제가 춤을 출 수 있게 피리를 불어주세요." 늑대는 부탁을 들어주었고, 그가 피리를 부는 동안 새끼 염소는 춤을 추었다. 하지만 이 소리를 들은 사냥개가 달려와서 늑대를 쫓았다. 늑대는 새끼 염소를 돌아보며 말했다. "당해도 싸지. 나는 그저 도살꾼일 뿐인데, 네 기분을 맞춰주겠다고 피리를 불고 있었으니."

195.

예언자

예언자가 시장에 앉아서 지나는 사람의 운명을 점치고 있었다. 그때 한 사람이 황급히 달려와 예언자의 집 대문이 부서져서 살림살이가 모두 털리고 있다고 알려주었다. 예언자는 침울하게 한숨을 내쉬더니 있는 힘을 다해 빠르게 달려갔다. 황급히 달려가는 예언자를 본 이웃 사람이 이렇게 말했다. "아이고, 이보쇼! 다른 사람의 운명을 점칠 수 있다고 하지 않았소? 어째서 자기 운명은 알지 못하는 거요?"

196.
여우와 원숭이

여우와 원숭이가 함께 여행하고 있었다. 여정 중에 그들은 묘비가 가득한 묘지를 지나게 되었다. "여기 보이는 묘비들은 모두 내 조상들을 기리기 위해 세운 것이야. 당대에 명성이 높았던 자유민이자 시민이었지." 원숭이가 이렇게 말하자 여우가 대답했다. "거짓말하기에 딱 맞은 대상을 골랐군. 이 조상들 중 누구도 네 말에 반박을 할 수 없을 테니까."

거짓된 이야기는 스스로 드러나곤 한다.

197.
도둑과 번견

도둑이 밤을 틈타 어느 집에 몰래 들어가려고 했다. 그는 고기 몇 점을 준비해 와 번견이 짖어서 주인을 깨우지 않도록 잘 달래놓으려고 했다. 도둑이 고기를 던져주자 개가 말했다. "내 입을 막으려는 생각이라면 크게 착각한 거야. 이렇게 갑자기 친절을 베풀면 나는 더 경각심을 높일 뿐이라고. 겉으로는 친절을 베푸는 척하면서 실은 자기 이익을 챙기고 내 주인을 다치게 하려는 속셈일 테니까."

198.
사람과 말과 황소와 개

추위로 고생하던 말과 황소와 개가 사람에게 안전하게 쉴 곳을 부탁했다. 사람은 그들을 친절하게 맞아주고 불을 피워 따뜻하게 해주었다. 또 말에게는 귀리를 마음껏 먹게 해주었고, 황소에게는 건초를 넉넉히 주었으며, 개에게는 자신이 먹는 고기를 나누어 주었다. 동물들은 이런 친절에 감사하는 마음에서 힘껏 보답하기로 했다. 그래서 사람의 일생을 셋으로 나누고, 각자 가진 특성을 하나씩 나누어주기로 했다. 먼저 초년기의 사람에게는 말이 가진 고유한 특성을 주었다. 그 덕분에 사람은 누구나 젊은 시절에 기운이 넘치고 무모하며 자기주장을 굽히지 않게 되었다. 그다음 시기는 황소가 맡았는데, 그래서 중년기에 들면 사람은 일을 좋아하여 일에 전념하며, 부를 쌓고 자산을 관리하는 데 열중하게 되었다. 인생의 마지막 시기는 개가 맡았다. 그런 연유로 노인은 퉁명스럽고 짜증을 잘 내며 까다롭고 이기적인 데다 오직 자기 가족에게만 관대하고, 낯설거나 자신의 안락과 욕구를 충족하는 데 도움이 되지 않는 이들은 싫어하게 되었다.

199.
원숭이와 두 여행자

늘 진실만 말하는 사람과 맨날 거짓말만 하는 사람이 함께 여행하다가 우연히 원숭이의 땅에 이르렀다. 이 땅의 원숭이 중에 스스로 왕위에 오른 자가 있어, 자신에 대해 인간들이 어떻게 말하는지 알고 싶었던 터라 그들을 붙잡아오라고 명령했다. 그러면서 원숭이들을 전부 자신의 오른편과 왼편으로 길게 도열시키고, 인간의 관습처럼 자신을 위한 왕좌도 배치했다. 준비가 끝나자 원숭이는 두 사람을 앞으로 불러 이렇게 물었다. "이방인들이여, 내가 어떤 왕처럼 보이는가?" 거짓말쟁이 여행자는 이렇게 답했다. "누구보다 강력한 왕으로 보입니다." "그렇다면 내 주변에 있는 이들은 어떻게 보이는가?" 여행자가 또 대답했다. "왕을 모시기에 적격이고, 적어도 대사나 장군감으로 보입니다." 원숭이와 신하들은 거짓말쟁이의 말에 흐뭇해하면서 이 아첨꾼에게 좋은 선물을 주라고 명령했다. 이를 본 진실한 여행자가 속으로 생각했다. "거짓말을 해도 저렇게 좋은 선물을 받는데, 평소처럼 내가 진실을 말한다면 얼마나 대단한 선물을 받을까?" 곧이어 원숭이가 그에게 물었다. "나와 내 주변의 친구들이 어떻게 보이는가?" "당신은 아주 훌륭한 원숭이입니다. 그리고 당신을 본받아 동료들 역시도 모두 훌륭한 원숭이고요." 진실을 들은 원숭이의 왕은 크게 분노하며 여행자를 신하들의 이빨과 발톱에 맡겨버렸다.

200.
늑대와 양치기

늑대가 한참 동안 양 떼를 따라다녔는데, 그동안 어떤 양도 해치지 않았다. 처음에 양치기는 늑대를 적으로 생각해 경계하고 감시를 게을리하지 않았다. 하지만 여러 날이 지나도 늑대가 양의 털끝도 건드리지 않자, 양치기는 늑대가 양을 해치려는 간악한 음모를 꾸미고 있는 게 아니라, 오히려 양 떼를 보호해준다고 생각했다. 하루는 양치기가 도시에 나갈 일이 생겨 양 떼를 모두 늑대에게 맡기고 떠나게 되었다. 드디어 기회를 잡은 늑대는 양을 덮쳤고 양 떼는 대부분 죽고 말았다. 돌아온 양치기가 몰살당한 양 떼를 보고 이렇게 한탄했다. "이런 일을 당해도 싸지. 도대체 내가 왜 늑대에게 양을 맡겼을까?"

201.
토끼와 사자

모임에서 토끼가 열변을 토하며 모두가 평등해야 한다고 주장했다. 그러자 사자가 이렇게 대꾸했다. "토끼여, 훌륭한 말이구나! 하지만 말만 그럴듯할 뿐 우리가 가진 발톱도 이빨도 없지 않은가?"

202.
어미 종달새와 새끼들

이른 봄, 종달새가 아직 어린 밀밭에 둥지를 틀었다. 어느덧 새끼 종달새의 몸이 다 자라 깃털도 충분히 나고 날갯짓도 할 수 있게 되었고, 그사이 밀도 다 익자 밭 주인이 작물을 바라보며 말했다. "이제 이웃들에게 다들 추수를 도와달라고 부탁할 때가 되었구나." 새끼 종달새 하나가 그 말을 듣고는 어미에게 전하며, 이제 어디로 옮겨가야 안전할 수 있는지를 물었다. "아직 옮길 때가 아니란다, 얘야. 친구들의 손을 빌릴 생각만 하는 사람은 본격적으로 추수할 생각을 하는 게 아니란다." 며칠 후에 밭 주인이 다시 나와 밀이 너무 익어 바닥에 낟알이 떨어지는 것을 보고는 이렇게 말했다. "내일은 일꾼들과 함께 직접 나와야겠군. 추수꾼을 최대한 많이 불러서 수확을 해야겠어." 어미 종달새가 이 말을 듣고는 새끼들에게 말했다. "얘들아, 이제 떠날 때가 되었구나. 이번에는 주인이 진심이구나. 더는 친구들에게 맡기지 않고 직접 수확을 하려고 나섰으니 말이다."

스스로 나서는 것이 가장 좋은 방법이다.

203.

여우와 사자

사자를 한 번도 본 적 없는 여우가 숲에서 우연히 사자와 맞닥뜨렸다. 여우는 너무 겁에 질린 나머지 거의 죽을 뻔했다. 두 번째 만났을 때는 여전히 두렵기는 했지만, 처음보다는 덜했다. 세 번째로 만나게 되자, 이제 대담해져서 사자에게 다가가 친근하게 이야기를 건넬 정도가 되었다.

친숙해지면 편견도 누그러진다.

204.
족제비와 생쥐

늙고 병든 족제비가 쇠약해져 예전처럼 생쥐를 잡아먹을 수 없게 되었다. 그래서 그는 밀가루에 몸을 굴린 다음 어두운 구석에 누워 있었다. 이 모습을 본 생쥐가 족제비를 먹이로 착각해 덤벼들었다가 곧바로 잡혀서 죽었다. 또 다른 생쥐도 비슷하게 잡혔고, 그 뒤로도 생쥐 여러 마리가 연이어 목숨을 잃었다. 그러자 수많은 함정과 덫을 피해 살아남은 나이 많은 생쥐가 멀찌감치 떨어진 안전한 곳에서 족제비의 교활한 속임수를 관찰하더니 이렇게 말했다. "어허! 거기 누워 있는 녀석아, 네가 정녕 진실하다면 내가 복을 빌어주마."

205.
목욕하는 소년

강에서 목욕을 하던 소년이 물에 빠져 죽을 위기에 처했다. 그는 지나가는 여행자에게 도와달라고 소리쳤다. 하지만 여행자는 도와주는 대신 태평하게 서서 소년의 경솔함을 꾸짖었다. "아이고, 아저씨! 제발 지금은 저를 좀 도와주시고 야단치는 건 그다음에 해주세요."

도와주지 않고 충고만 하는 것은 아무 소용이 없다.

206.
당나귀와 늑대

초원에서 풀을 뜯고 있던 당나귀가 자신을 잡으려고 다가오는 늑대를 보자마자 다리를 절뚝이는 척했다. 늑대가 와서 다리를 절뚝이는 이유를 물었다. 당나귀는 산울타리를 지나다가 날카로운 가시를 밟았다고 대답했고, 늑대에게 자신을 잡아먹을 때 목이 찔리지 않게 가시를 뽑아달라고 부탁했다. 늑대가 그 말에 동의해 당나귀의 발을 들어올려서 가시를 찾는 데 정신이 팔린 사이에 당나귀는 뒷발로 늑대의 이빨을 세게 차고 달아났다. 끔찍하게 얻어맞은 늑대는 이렇게 말했다. "이렇게 당해도 싸지. 아버지는 목숨을 끊는 법만 가르쳐주셨는데, 내가 어쩌자고 치료를 하려고 했을까?"

207.

조각상 장수

어떤 사람이 메르쿠리우스를 나무로 조각해서 팔려고 내놓았지만, 선뜻 사겠다고 나서는 사람이 없었다. 그는 사람들의 관심을 끌기 위해 부를 주고 재물이 쌓이도록 도와주는 은혜로운 신의 조각상을 판다고 외쳤다. 그러자 구경꾼이 물었다. "이보시오, 말한 대로 그렇게 은혜롭다면 직접 은혜를 받지 왜 파는 거요?" 조각상 장수는 이렇게 대답했다. "왜냐하면 나는 당장 도움이 필요한데, 이분은 좋은 선물을 아주 천천히 주시거든요."

208.
여우와 포도

굶주림에 시달린 여우가 덩굴에 잘 익은 검은 포도송이가 주렁주렁 달린 것을 보았다. 여우는 포도를 먹으려고 온갖 꾀를 다 내보았지만, 포도를 잡을 수 없었다. 여우는 짐짓 실망하지 않은 척하며 이렇게 말했다. "포도가 시고, 생각만큼 잘 익지 않았네."

209.

남편과 아내

어떤 남편에게 집안의 모든 사람에게 미움받는 아내가 있었다. 남편은 아내가 처가에서도 똑같은 대접을 받는지 알고 싶어 아내가 장인을 만나러 갈 구실을 만들었다. 얼마 후에 아내가 돌아오자, 남편은 아내에게 어떻게 지냈는지, 하인들이 어떻게 대해주었는지 물었다. 아내는 이렇게 대답했다. "소 치는 사람과 양치기까지 저를 아주 싫어하는 표정이더라고요." 그러자 남편이 이렇게 말했다. "아이고, 여보! 가축을 데리고 아침 일찍 나갔다가 밤늦게 돌아오는 사람들까지 당신을 싫어했다면, 하루 종일 당신과 함께 지낸 사람들은 어떻겠소?"

지푸라기 하나로도 바람의 상태를 알 수 있다.

210.
공작과 유노

하루는 공작이 유노 여신에게 불평하길, 밤꾀꼬리는 노래로 모두를 즐겁게 해주는데, 자신은 입만 뻥긋했다 하면 모두에게 웃음거리가 된다고 했다. 유노 여신은 이렇게 충고했다. "하지만 너는 누구보다 아름다운 자태를 지녔잖니. 네 목은 에메랄드처럼 화려하게 빛나고 꼬리를 펼치면 매혹적인 깃털이 있잖아." 그러자 공작이 말했다. "그래 봐야 노래보다 못한데, 이런 소리 없는 아름다움이 무슨 소용 있어요?" 유노 여신은 이렇게 대답했다. "운명의 여신이 뜻에 따라 각자의 몫을 준 거야. 너에게는 아름다움을, 독수리에게는 힘을, 밤꾀꼬리에게는 노래를, 갈까마귀에게는 길조를, 까마귀에게는 흉조를 주었지. 다들 자신에게 주어진 자질에 만족한단다."

211.
매와 밤꾀꼬리

밤꾀꼬리가 참나무 높은 가지에 앉아 평소처럼 노래를 부르고 있었다. 마침 먹이를 구하러 나온 매가 그 모습을 보고는 내려와 밤꾀꼬리를 덮쳤다. 목숨을 잃게 생긴 밤꾀꼬리는 놓아달라고 간청하며 자신은 매의 배를 채우기에는 턱없이 작으니 먹이가 필요하면 더 큰 새를 잡으라고 말했다. 매는 밤꾀꼬리의 말을 끊으며 이렇게 대꾸했다. "아직 눈에 보이지도 않는 새를 잡으려고 내 손안에 든 먹이를 놔준다면 나는 그야말로 제정신이 아닌 거지."

212.
개와 수탉과 여우

친한 친구 사이인 개와 수탉이 함께 여행을 떠났다. 해가 저물자 둘은 울창한 숲에서 쉬기로 했다. 수탉은 나무 위로 올라가 가지에 앉았고, 개는 나무 몸통 아래 움푹 들어간 곳에다 잠자리를 마련했다. 동이 트자 수탉은 평소처럼 큰 소리로 여러 번 울었다. 여우가 이 소리를 듣고 수탉을 아침거리 삼으려고 다가와 나뭇가지 아래에 서더니, 수탉에게 이렇게 대단한 목소리의 주인공과 얼마나 친해지고 싶었는지 모른다고 말했다. 수탉은 예의 바르게 말하는 여우를 의심하며 이렇게 말했다. "그러시면 아래쪽 나무 몸통으로 가서 내 문지기를 깨워주시겠어요? 문지기가 문을 열어주면 안으로 들어오세요." 여우가 나무에 가까이 다가가자 개가 튀어나와 여우를 갈기갈기 찢어버렸다.

213.

늑대와 염소

늑대가 자신은 결코 다가갈 수 없는 가파른 절벽 꼭대기에서 풀을 뜯고 있는 염소를 보았다. 늑대는 염소를 부르더니, 자칫하면 떨어질 수 있으니 부디 낮은 곳으로 내려오라고 간청했다. 그러고는 자기가 서 있는 곳은 풀이 아주 연한 초원이라고 덧붙였다. 그러자 염소가 이렇게 대답했다. "아니지. 풀밭 때문에 나를 오라는 게 아니라 먹이가 필요한 너 자신을 위한 거지."

214.
사자와 황소

사자는 황소를 꼭 잡고 싶었지만, 몸집이 너무 커서 공격할 엄두가 나지 않았다. 그래서 황소를 놓치지 않을 꾀를 내고는 황소에게 다가가 말했다. "내가 튼실한 양을 한 마리 잡았어. 우리 집에 가서 같이 나누어 먹으면 좋을 것 같아." 사자는 황소가 먹이를 먹으려고 몸을 기울이는 순간 공격해 잡아먹을 작정이었다. 하지만 사자 굴로 간 황소는 커다란 꼬챙이와 거대한 가마솥만 보이고, 양은 흔적도 보이지 않자 아무 말 없이 자리를 떠나버렸다. 그러자 사자가 말하길, 자신이 무례하게 굴지도 않았는데, 왜 인사도 없이 갑자기 떠나느냐고 물었다. 황소는 이렇게 대답했다 "이유야 말해 뭐 하겠어. 네가 양을 잡은 흔적은 어디에도 보이지 않는데, 황소를 잡아먹으려고 만반의 준비를 해둔 건 뻔히 보이잖아."

215.
염소와 당나귀

염소와 당나귀를 기르는 사람이 있었다. 염소는 당나귀가 먹이를 훨씬 더 많이 얻는 것을 시기하여 이렇게 말했다. "너는 너무 푸대접을 받는구나. 방앗간에서 맷돌을 돌리는가 하면 무거운 짐도 날라야 하고 말이야." 염소는 당나귀에게 발작이 난 척하고 도랑으로 쓰러져 쉬는 시간을 얻으라고 말했다. 당나귀는 염소의 말대로 도랑으로 쓰러졌고, 여기저기 심하게 멍이 들었다. 주인은 수의사를 불러 조언을 구했다. 수의사는 당나귀의 상처에는 염소의 허파를 붙여주면 된다고 말했다. 결국 주인은 수의사와 함께 곧바로 염소를 잡아서 당나귀를 치료해주었다.

216.

도시 쥐와 시골 쥐

시골에 사는 쥐가 도시에 사는 친한 쥐에게 시골 음식을 같이 나누어 먹자고 초대했다. 둘이 텅 빈 논밭에서 밀 줄기와 산울타리에서 뽑아낸 뿌리를 먹는 동안 도시 쥐가 친구에게 말했다. "너는 여기서 개미처럼 사는구나. 우리 집에는 먹을 게 넘쳐나고, 주위에는 온통 좋은 것 천지야. 나와 함께 가서 진수성찬을 실컷 먹자고." 시골 쥐는 그 말에 솔깃해서 친구와 함께 도시로 갔다. 집에 도착하

자 도시 쥐는 빵과 보리, 콩, 말린 무화과, 꿀, 건포도를 비롯해 바구니에서 맛있는 치즈까지 가져와 내놓았다. 시골 쥐는 잘 차린 상을 보고는 무척 즐거워하며 칭찬을 아끼지 않았고, 자신의 어려운 처지를 한탄했다. 막 먹기 시작하려는데, 누군가 문을 여는 바람에 둘은 찍찍 울면서 있는 힘을 다해 도망쳐 구멍으로 몸을 숨겼다. 둘이 간신히 비집고 들어갈 정도로 좁은 구멍이었다. 잠시 후 그들이 다시 먹기 시작하려는 순간, 또 누군가가 찬장에서 무언가를 꺼

내려고 들어왔다. 둘은 처음보다 더 기겁하며 달아나 몸을 숨겼다. 마침내 허기에 지친 시골 쥐가 친구에게 말했다. "날 위해 이렇게 진수성찬을 준비해주었는데, 아무래도 나는 같이 먹지 못하겠어. 주변이 너무 위험해서 도저히 마음 놓고 먹지 못하겠거든. 나는 걱정 없이 속 편히 지내며 논밭에서 먹거나 산울타리에서 뽑은 뿌리를 먹는 편이 더 좋겠어."

217.
늑대와 여우와 원숭이

늑대가 여우를 도둑으로 의심했지만, 여우는 완강히 부인했다. 원숭이가 둘 사이의 문제를 해결해주겠다고 나섰다. 각자의 주장을 다 들은 후에 원숭이는 판결을 내렸다. "늑대야, 네가 잃어버렸다고 하는 그 물건은 분명 잃어버리지 않았을 것 같구나. 그리고 여우야, 네가 한사코 훔치지 않았다고 하는 그 물건은 틀림없이 네가 훔친 것 같구나."

정직하지 않은 자들이 정직하게 행동해봐야
신뢰를 얻지 못한다.

218.
파리와 짐 끄는 노새

파리가 마차의 바퀴 축에 앉아서 짐 끄는 노새에게 말했다. "너는 느리기 짝이 없구나! 왜 더 빨리 가지 않는 거야? 내가 목을 찌를 수도 있다고." 노새는 이렇게 대답했다. "네 협박 따위에는 신경 쓰지 않아. 나는 저 위쪽에 앉아 채찍으로 재촉하거나 고삐로 속도를 늦추는 마부에게만 신경 쓰거든. 그러니 그런 오만방자한 말은 그만해. 언제 빨리 가고 언제 늦게 갈지는 내가 잘 아니까."

219.
어부

어부가 그물을 던져 고기를 잡고 있었다. 그물이 무척 무거워서 물고기를 많이 잡았다고 생각한 어부는 기뻐하며 춤을 췄다. 하지만 그물을 해안으로 끌어올려 보니 물고기는 몇 마리 없고 모래와 돌만 잔뜩 있었다. 기대가 컸던 만큼 어부는 결과를 보고 몹시 실망했다. 그러자 나이 많은 동료가 이렇게 말했다. "여러분, 한탄은 이제 그만합시다. 내가 보니 슬픔은 언제나 기쁨과 쌍둥이처럼 붙어다니더군요. 우리가 방금 지나치게 기뻐했으니 그다음에는 슬픔이 온 것이라오."

220.
사자와 황소 세 마리

황소 세 마리가 오랫동안 함께 풀을 뜯었다. 사자가 그들을 먹잇감으로 삼으려고 숨어 있었지만, 셋이 같이 있는 동안에는 공격할 엄두가 나지 않았다. 그러다 마침내 교활한 이야기로 셋을 따로따로 떼어놓는 데 성공했다. 사자는 이제 따로 떨어져 풀을 뜯고 있는 황소를 거침없이 공격해서 차례차례 느긋하게 먹어치웠다.

뭉쳐야 산다.

221.
새 사냥꾼과 독사

새 사냥꾼이 끈끈이와 나뭇가지를 들고 새를 잡으러 나갔다. 그는 나무에 앉아 있는 개똥지빠귀를 발견하고는, 그걸 잡으려고 나뭇가지를 적당한 길이로 준비한 다음 온 신경을 집중해서 하늘만 뚫어지게 쳐다보았다. 그렇게 위쪽만 바라보다가 바로 발밑에 있는 잠든 독사를 보지 못하고 자신도 모르게 밟아버렸다. 그러자 독사가 몸을 돌려 그를 물었다. 사냥꾼은 정신을 잃으며 중얼거렸다. "이런 꼴을 당하다니! 사냥감을 잡으려다가 도리어 내가 덫에 걸려 들었구나."

222.
말과 당나귀

멋진 마구를 보란 듯이 찬 말이 큰길에서 당나귀를 만났다. 무거운 짐을 진 당나귀가 천천히 비켜서자, 말이 이렇게 말했다. "네 녀석을 뒷발로 걷어차고 싶은 마음을 억누르기가 힘들구나." 당나귀는 아무 대꾸도 하지 않고 다만 마음속으로 신에게 정의로운 심판을 내려달라고 호소했다. 얼마 지나지 않아 말이 천식에 걸리자 주인이 농장으로 보내버렸다. 당나귀는 말이 분뇨차를 끌게 된 것을 보고 이렇게 비웃었다. "우쭐대던 녀석아, 그 멋진 마구는 다 어디 있니? 얼마 전까지 나를 그렇게 무시하더니, 지금은 딱 내 신세가 되었네?"

223.
여우와 가면

여우가 어느 배우의 집에 들어가서 그가 가진 것들을 뒤지다가 가면을 발견했다. 감탄이 나올 만큼 사람 머리와 비슷하게 만들어진 것이었다. 그는 가면에다 발을 올려놓더니 말했다. "참으로 아름다운 머리구나! 하지만 쓸모는 없어. 뇌가 아예 없으니까 말이야."

224.
거위와 두루미

거위와 두루미가 함께 초원에서 풀을 먹고 있었는데, 새 사냥꾼이 다가와서 그물로 그들을 잡으려 했다. 날개가 가벼운 두루미는 사냥꾼이 다가오자마자 날아가버렸다. 하지만 나는 속도가 느리고 몸이 무거운 거위는 잡히고 말았다.

225.
눈먼 사람과 새끼 늑대

눈이 보이지 않는 어떤 사람이 손으로 동물을 만져보고 식별해내는 데 능숙했다. 누군가 그에게 새끼 늑대를 가져다주고는 만져본 후에 무엇인지 말해달라고 했다. 그 사람이 만져보더니 주저하며 말했다. "여우의 새끼인지 늑대의 새끼인지 확실히 모르겠군요. 하지만 한 가지 분명한 건, 이 녀석을 양이 있는 우리에 들이는 건 안전하지 않다는 겁니다."

악한 기질은 어릴 때부터 드러난다.

226.
개와 여우

개가 사자 가죽을 발견하고는 이빨로 갈기갈기 찢기 시작했다. 여우가 그 모습을 보더니 이렇게 말했다. "이 사자가 살아 있었다면 사자의 발톱이 너희의 이빨보다 더 강하다는 것을 금방 알게 되었겠지."

쓰러진 사람을 발로 차기는 쉽다.

227.
의사가 된 구두 수선공

구두 수선공이 구두 고치는 일로는 생계를 꾸리기 어려워졌다. 가난에 지쳐 절박해진 그는 다른 도시로 가 의사 노릇을 시작했다. 그는 모든 독을 해독하는 효과가 있는 것처럼 꾸며 약을 팔고, 과장된 자화자찬과 광고로 명성을 얻었다. 그러던 어느 날 구두 수선공이 심각한 병에 걸리자, 그 도시의 시장이 그의 실력을 시험해보기로 했다. 시장은 컵에 물을 부으면서 구두 수선공의 해독제와 독약을 섞는 척하더니, 이 물을 마시면 보상을 주겠다고 약속했다. 죽음이 두려워진 구두 수선공은 자신은 의학에 대해 아무것도 모르고, 단지 사람들이 어리석게도 열광해준 덕분에 유명해진 것뿐이라고 털어놓았다. 시장은 광장에다 사람들을 불러 모아서 이렇게 연설했다. "여러분은 도대체 얼마나 어리석은 짓을 저지른 겁니까? 신발 만드는 일도 믿고 맡기지 못할 사람에게 주저 없이 목숨을 맡기다니요."

228.
늑대와 말

귀리밭에서 나오던 늑대가 말을 만나자 이렇게 이야기했다. "저 밭에 가면 좋은 일이 있을 거야. 잘 자란 귀리가 가득하거든. 나는 친구가 맛있게 먹는 소리를 듣고 싶어서 하나도 건드리지 않고 가만뒀지." 그러자 말이 대꾸했다. "귀리가 늑대의 먹이였다면 네 배를 채우는 대신 귀를 즐겁게 할 일은 결코 없었겠지."

악명 높은 사람은 선행을 해도 공을 인정받지 못한다.

229.

아들과 딸

아들 하나와 딸 하나를 둔 아버지가 있었다. 아들은 잘생겨서, 딸은 유난히 못생겨서 눈에 띄었다. 하루는 어린 남매가 함께 놀다가 우연히 어머니 의자에 놓인 거울을 들여다보고 말았다. 아들은 자신의 잘생긴 외모를 자랑스러워했지만, 딸은 화가 나서 오빠의 자화자찬을 참고 듣기가 어려웠다. 오빠가 하는 말이 모두 자신에 대한 비난으로 들렸기 때문이었다. 어찌 고깝게 듣지 않을 수 있겠는가? 그녀는 오빠에게 복수하기 위해 아버지에게 달려가, 오빠가 오직 여자들만 쓰는 물건을 사용했다고 악의적으로 덮어씌웠다. 아버지는 남매를 모두 안아주고, 공평하게 입맞춤을 해주고 사랑을 주며 이렇게 말했다. "너희가 매일 거울을 봤으면 좋겠구나. 아들아, 너는 그렇게 해서 네 아름다움을 사악한 행동으로 망치지 말도록 해라. 그리고 내 딸아, 너는 네게 부족한 아름다움을 덕으로 채우도록 해라."

230.
말벌과 자고새와 농부

목이 말라 허덕이던 말벌과 자고새가 농부에게 와서 마실 물을 좀 달라고 부탁했다. 그들은 농부에게 보답을 톡톡히 하겠다고 약속했다. 자고새는 농부의 포도나무 주변을 일구어 더 좋은 포도가 열리게 하겠다고 했고, 말벌은 침으로 포도밭을 지켜 도둑을 몰아내겠다고 다짐했다. 하지만 농부는 그들의 이야기를 끊고 이렇게 말했다. "내게는 황소가 두 마리 있는데, 너희가 약속한 일들은 이미 그들이 하고 있단다. 그러니 틀림없이 너희보다 황소에게 물을 주는 게 낫겠지."

231.
까마귀와 메르쿠리우스

덫에 걸린 까마귀가 아폴로에게 풀어달라고 기도하며 그의 제단에 유향을 바치겠다고 맹세했다. 하지만 위기에서 벗어나자 까마귀는 약속을 잊어버렸다. 얼마 후 다시 덫에 걸린 까마귀는 아폴로 신 대신 메르쿠리우스에게 똑같이 유향을 바치겠다고 약속했다. 곧 메르쿠리우스가 나타나 이렇게 말했다. "비열하기 짝이 없는 녀석이로구나! 이전에 도와준 신을 부인하고 모욕했는데, 내가 너를 어찌 믿겠느냐?"

232.
북풍과 태양

북풍과 태양이 누가 더 힘이 센지를 두고 다투다가 나그네의 옷을 먼저 벗기는 쪽을 승자로 인정하기로 했다. 북풍이 먼저 있는 힘껏 불었지만 바람이 거세질수록 나그네는 외투를 더욱 바짝 여밀 뿐이었다. 결국 단념한 북풍은 태양을 불러 한번 해보라고 했다. 태양은 온 힘을 다해 따뜻한 빛을 보냈다. 나그네는 따뜻한 햇볕을 느끼자마자 옷을 하나씩 벗었고, 마침내 더위에 지쳐서 옷을 다 벗고는 시냇물에 몸을 담갔다.

설득이 강요보다 낫다.

233.

원수 사이

서로 철천지원수인 두 사람이 같은 배를 타고 항해 중이었다. 두 사람은 가능한 한 멀리 떨어져 있으려고 한 명은 뱃머리에 다른 한 명은 배꼬리에 앉았다. 거센 폭풍이 일어 배가 가라앉을 위기에 처하자 배꼬리에 앉은 사람이 선장에게 어느 쪽이 먼저 가라앉을 것 같은지 물었다. 선장이 뱃머리가 먼저 침몰할 것 같다고 대답하자, 배꼬리 쪽 사람은 이렇게 말했다. "내 원수가 나보다 먼저 죽는 걸 볼 수만 있다면 내 죽음은 비통하지 않소."

234.
싸움닭과 자고새

양계장에다 싸움닭 두 마리를 키우는 사람이 있었다. 하루는 이 사람이 온순해 보이는 자고새를 사 와서 싸움닭과 함께 기르기로 했다. 자고새를 양계장에 들이자, 싸움닭은 자고새를 쪼아대고 쫓아다니며 지독히 괴롭혔다. 자고새는 고통스러워하며 자신이 낯선 새라서 괴롭힘을 당한다고 생각했다. 그런데 얼마 지나지 않아 자고새는 싸움닭 둘이 서로 싸우는데, 하나가 완전히 지쳐 떨어질 때까지 멈추지 않는 것을 보고 이렇게 중얼거렸다. "이제 싸움닭에게 공격당한다고 해서 고민하지 않아도 되겠네. 자기들끼리도 저렇게 안 싸우고는 못 배기는걸, 뭘."

235.
돌팔이 의사 개구리

어느 날 개구리가 자기가 살던 늪에서 나와 동물들 앞에서 선언하길, 자신은 박식한 의사로 약물을 쓰는 데 통달해 모든 질병을 치료할 수 있다고 했다. 그러자 여우가 이렇게 물었다. "어떻게 남의 병을 고쳐준다고 주장할 수 있지? 네 절뚝거리는 걸음걸이나 주름진 피부도 고치지 못하는 주제에!"

236.

사자와 늑대와 여우

나이 든 사자가 아파서 굴에 누워 있었다. 모두가 동물의 왕인 사자에게 병문안을 왔는데, 여우만 오지 않았다. 늑대는 이를 좋은 기회라 생각하고, 사자에게 가서 동물의 왕에게 병문안도 오지 않는 예의 없는 여우를 비난했다. 바로 그때 여우가 와서 늑대의 마지막 말을 들었다. 사자가 화를 내며 으르렁거리자 여우는 변명할 기회를 잡아 이렇게 말했다. "그런데 여기 찾아온 그 모든 동물 중에 저만큼 폐하에게 도움이 된 자가 있을까요? 저는 사방팔방 돌아다니며 의사들에게 폐하를 치료할 방법을 배워 왔답니다." 사자가 당장 치료법을 알려달라고 하자 여우는 이렇게 대답했다. "늑대 가죽을 산 채로 벗겨 아직 따뜻할 때 몸에 감싸는 것입니다." 늑대는 곧바로 잡혀서 가죽이 벗겨졌다. 여우는 늑대를 향해 웃으며 말했다. "폐하께서 악의를 품도록 부추기지 말고, 선의를 품도록 했어야지."

237.

개집

겨울에 개는 추위 때문에 몸을 가능한 한 작게 웅크리고 지내며 다음에는 꼭 집을 짓겠다고 결심했다. 하지만 여름이 되자 몸을 있는 대로 길게 늘여 잠을 자다 보니 자신의 몸집이 아주 크다고 생각했다. 이제 개는 덩치 큰 자신이 들어갈 만한 집을 짓기가 쉽지도 않거니와 꼭 필요하지도 않다고 생각하게 되었다.

238.

늑대와 사자

해 질 무렵 산기슭을 어슬렁거리던 늑대가 길게 드리워져 몇 배나 커진 자신의 그림자를 보고 이렇게 생각했다. "이렇게 드넓게 뻗을 정도로 어마어마하게 큰 내가 왜 사자를 두려워해야 하는 거지? 내가 동물의 왕으로 인정받아야 하는 거 아닌가?" 늑대가 오만한 생각에 빠져 있는 사이 사자가 그를 덮쳐 죽였다. 늑대는 숨을 거두기 전 뒤늦게 후회하며 외쳤다. "비참한 꼴이로구나! 자만에 빠져 결국 죽음을 자초하다니."

239.

새와 길짐승과 박쥐

새가 길짐승과 전쟁을 벌였는데, 양쪽이 번갈아 승리를 거두었다. 박쥐는 전쟁이 어떻게 될지 몰라 두려워하며 언제나 강해 보이는 쪽에 붙어서 싸웠다. 하지만 평화가 선포되자 박쥐의 기만적인 행동이 양편 모두에게 분명하게 드러났다. 그리하여 양쪽에서 배신자로 낙인찍힌 박쥐는 낮에는 쫓겨나 캄캄한 곳에 숨어 살며 밤에만 홀로 외롭게 날게 되었다.

240.
씀씀이 헤픈 청년과 제비

낭비벽이 심했던 한 청년이 부모가 남긴 유산을 모두 써버리고 남은 것이라고는 오직 값나가는 외투 한 벌밖에 없었다. 하루는 우연히 철 이른 제비가 연못을 스치듯 날아다니며 유쾌하게 짹짹거리는 걸 보게 되었다. 제비의 모습에 청년은 여름이 왔다고 생각하고는 외투를 내다 팔았다. 하지만 며칠 지나지 않아 다시 겨울 날씨가 되어 서리가 내리고 추워졌다. 그는 운 나쁜 제비가 땅에 떨어져 죽어 있는 것을 보고 이렇게 말했다. "불쌍한 제비 같으니라고! 도대체 어떻게 된 거니? 봄이 오기도 전에 나타나서 제 목숨도 잃고, 내 신세까지 망치는구나."

241.
여우와 사자

여우가 우리에 갇힌 사자를 보고는 가까이 가더니 지독한 욕설을 퍼부었다. 그러자 사자가 여우에게 이렇게 말했다. "나한테 욕하는 건 네가 아니라, 내게 닥친 이 불운이로구나."

242.
부엉이와 새

지혜로운 부엉이가 새들에게 조언하길, 땅에서 도토리가 처음 싹을 틔우면 모조리 뽑아서 자라지 못하게 하라고 했다. 도토리 나무에는 겨우살이가 달리고, 겨우살이에는 새 잡는 끈끈이가 나온다고 말이다. 부엉이는 또 사람들이 뿌린 아마 씨앗을 뽑아내라고 충고했다. 아마는 새에게 이로울 게 없는 식물이기 때문이었다. 그리고 마지막으로 궁수가 다가오는 것을 본 부엉이는, 이 사람이 화살에 깃털을 달아 새보다 더 빠르게 날아가는 화살을 만들어낼 거라고 예언했다. 새들은 이런 경고를 믿지 않았고, 부엉이가 정신이 나가 미쳤다고 생각했다. 하지만 훗날 부엉이의 경고가 사실로 밝혀지자 부엉이의 지혜에 경탄하고, 부엉이를 가장 현명한 새로 생각하게 되었다. 그래서 부엉이가 나타나면 새들은 부엉이를 만물을 아는 현자로 여기지만, 부엉이는 더 이상 조언해주지 않고, 홀로 지난날 그들의 어리석음을 한탄할 뿐이다.

243.
포로가 된 나팔수

　용감하게 군사를 이끌던 나팔수가 적군에게 붙잡혔다. 그는 적에게 이렇게 외쳤다. "부디 나를 살려주십시오. 이유도 없이 죽이거나 조사도 하지 않고 목숨을 앗아가지 말아주십시오. 나는 당신의 군사를 단 한 명도 죽이지 않았습니다. 무기도 없고 이 놋쇠 나팔 하나만 들고 다닐 뿐입니다." 그러자 적군이 이렇게 말했다. "바로 그래서 네가 죽어야 하는 것이다. 너는 직접 싸우지는 않으면서 네 나팔로 사람들을 선동해 싸우게 하기 때문이다."

244.
사자 가죽을 쓴 당나귀

당나귀가 사자 가죽을 쓰고 숲에서 어슬렁거리며 재미 삼아 그와 마주친 어리석은 동물들을 놀래주고 있었다. 마침 여우가 다가오자 놀래주려고 했지만, 여우는 당나귀의 목소리를 듣자마자 이렇게 소리쳤다. "네가 히힝 소리를 내지 않았다면 나도 놀랐겠지."

245.
참새와 토끼

독수리에게 잡힌 토끼가 슬피 흐느끼며 어린아이처럼 비명을 질렀다. 참새가 토끼를 꾸짖으며 이렇게 말했다. "도대체 그렇게 날래던 발은 어디 두고 온 거야? 왜 그렇게 꾸물거렸던 거지?" 참새가 그렇게 말하는 사이 갑자기 매가 날아오더니 참새를 잡아 죽였다. 죽어가던 토끼는 위안을 얻은 듯 이렇게 말했다. "저런, 방금까지만 해도 자신은 안전하다고 생각하며 남에게 닥친 재앙에 의기양양 기뻐하더니, 이젠 너도 나처럼 불행을 한탄할 이유가 생겼구나."

246.
벼룩과 황소

벼룩이 황소에게 물었다. "그렇게 덩치가 크고 힘도 센데 어쩌다가 인간에게 이런 푸대접을 받으면서 날마다 그들을 위해 뼈 빠지게 일하는 신세가 되었나요? 나는 이렇게 조그마한데도 인간들의 살과 피를 무자비하게 실컷 빨아먹고 사는데요." 황소는 이렇게 대답했다. "나는 인간에게 사랑도 받고 보살핌도 잘 받고 있어. 내 머리와 어깨를 두드려줄 때도 있단다. 그러니 배은망덕하게 굴고 싶지는 않구나." 그러자 벼룩이 이렇게 말했다. "이럴 수가! 그렇게 두드려주는 걸 좋아하는군요. 당신을 두드려주는 인간의 손에 맞아 나는 목숨을 잃는다고요."

247.
좋은 일과 나쁜 일

한때는 '좋은 일'과 '나쁜 일'이 인간사에 함께 관여했는데, 나쁜 일의 수가 많아져 좋은 일을 몰아내고 세상을 차지했다. 좋은 일은 세상을 떠돌다가 하늘로 올라가 자신을 못살게 한 박해자에게 정당한 복수를 해달라고 부탁했다. 유피테르를 만난 좋은 일은 자신이 나쁜 일과는 공통점도 없고 함께 살아갈 수도 없으며 끊임없이 다투게 되니 나쁜 일과는 더 이상 어울리지 않도록 해달라고 간청했다. 그리고 앞으로 자신을 보호해줄 확고한 법을 내려달라고 했다. 유피테르는 그 요청을 받아들여 이제부터 나쁜 일은 함께 무리를 지어 세상에 가고, 좋은 일은 하나씩 따로따로 인간들이 사는 곳에 가도록 명했다. 그 후로 나쁜 일은 결코 하나씩 오는 법이 없고 무리를 지어 오기 때문에 세상에 나쁜 일이 넘쳐나게 되었다. 반면 좋은 일은 유피테르에게서 비롯되어 따로따로 주어지는데, 모두에게 똑같지 않고, 좋은 일을 알아보는 사람에게만 하나씩 주어진다.

248.
비둘기와 까마귀

우리에 갇힌 비둘기가 자신이 부화시킨 새끼들이 얼마나 많은지 자랑하고 있었다. 이 말을 들은 까마귀가 이렇게 말했다. "이봐, 물색없이 자랑할 때가 아니야. 이런 감옥 같은 곳에 갇힌 처지에 자식이 많을수록 오히려 근심만 깊어지는 거 아닌가?"

249.
메르쿠리우스와 나무꾼

나무꾼이 강가에서 나무를 하다가 실수로 깊은 물에 도끼를 빠뜨렸다. 먹고사는 데 꼭 필요한 도구를 잃어버린 나무꾼은 강둑에 주저앉아 불운을 한탄하며 눈물을 흘렸다. 그때 메르쿠리우스가 나타나 왜 우는지 물었다. 나무꾼이 자신의 불운한 사연을 이야기하자 메르쿠리우스가 물속으로 뛰어들더니 곧 금도끼를 가지고 올라와서는 나무꾼에게 잃어버린 도끼가 맞는지 물었다. 나무꾼이 아니라고 답하자, 메르쿠리우스는 두 번째로 물속으로 사라졌다가 은도끼를 손에 들고 돌아와 다시 나무꾼에게 물었다. 나무꾼이 이번에도 자신의 도끼가 아니라고 하자 메르쿠리우스가 세 번째로 물속에 들어갔다가 나무꾼의 잃어버린 도끼를 찾아 가지고 올라왔다. 나무꾼은 그제야 자기 것이 맞다고 말하며 도끼를 다시 찾은 것에 기뻐했다. 메르쿠리우스는 나무꾼의 정직함에 감동해 잃어버린 도끼와 함께 금도끼와 은도끼까지 모두 주었다. 나무꾼은 집으로 돌아오는 길에 동료들에게 그날 있었던 일을 모두 이야기해주었다. 동료 한 명이 자신도 똑같은 행운을 잡아보고 싶어서, 강가로 달려가 같은 자리에서 일부러 물속에 도끼를 던지고 강둑에 주저앉아 흐느꼈다. 그러자 바라던 대로 메르쿠리우스가 나타나 자초지종을 들은 뒤에 물속으로 뛰어들어서 금도끼를 들고 올라왔다.

이 도끼가 맞냐고 묻자 나무꾼은 욕심 사납게 금도끼를 움켜쥐더니 진정 자신이 잃어버린 도끼가 맞다고 단언했다. 나무꾼의 거짓말에 언짢아진 메르쿠리우스는 금도끼를 다시 가져갔을 뿐 아니라, 그가 물속에 던져버린 도끼도 찾아주지 않았다.

250.
독수리와 갈까마귀

높은 바위에 앉아 있던 독수리가 내려와 발톱으로 새끼 양을 낚아채 날아갔다. 이 모습을 지켜본 갈까마귀는 시기심에 불타 자기도 힘센 독수리처럼 날아보기로 마음먹었다. 갈까마귀는 날개를 크게 푸드덕거리며 덩치 큰 숫양에게 내려앉아 잡아가려고 했지만 발톱이 숫양의 털에 걸려 아무리 퍼덕이며 몸부림쳐도 빠져나올 수가 없었다. 양치기가 이 모습을 보고 달려와 갈까마귀를 붙잡았다. 그는 곧바로 갈까마귀의 날개를 자르고 밤에 집으로 가져가 아이들에게 주었다. 그러자 아이가 물었다. "아빠, 이건 무슨 새예요?" 양치기는 이렇게 대답했다. "내가 알기로는 갈까마귀가 확실한데, 이 녀석은 독수리로 보이길 바라더구나."

251.

여우와 두루미

여우가 두루미를 저녁 식사에 초대했다. 그런데 두루미를 대접할 음식은 차리지 않고 콩으로 만든 수프만 넓적하고 평평한 돌 접시에 부어놓았다. 두루미가 긴 부리로 먹으려고 할 때마다 수프가 흘러나왔고, 음식을 먹지 못해 짜증스러워하는 두루미의 모습을 보며 여우는 무척 재미있어했다. 이번에는 두루미가 여우를 저녁 식사에 초대했다. 두루미는 여우 앞에 입구가 좁고 긴 병을 차려놓았다. 두루미는 긴 부리를 병에 넣고 여유롭게 음식을 즐겼다. 하지만 여우는 맛조차 보지 못하고, 자신이 했던 방식 그대로 앙갚음을 당했다.

252.
유피테르와 넵투누스와 미네르바와 모모스

고대의 전설에 따르면 최초의 인간은 유피테르가, 최초의 황소는 넵투누스*가, 최초의 집은 미네르바가 만들었다고 한다. 그들이 각자 맡은 일을 끝내자, 누가 가장 완벽한 작품을 만들었는지를 두고 언쟁이 벌어졌다. 그들은 모모스**에게 심판을 맡겨, 그 판결에 따르기로 했다. 하지만 모모스는 그들의 손재주를 시기하여 모든 작품에 트집을 잡았다. 그는 먼저 황소의 눈 아래에다 뿔을 달아 들이받을 곳을 잘 보이게 하지 않았다며 넵투누스의 작품을 비난했다. 다음으로는 사람의 심장을 몸 바깥쪽에 달아서 모두가 사악한 생각을 읽고 악행에 대비하게 하지 않았다며 유피테르의 작품을 책망했다. 마지막으로는 집의 기초에 철제 바퀴를 달아 이웃이 마음에 들지 않으면 쉽게 이사할 수 있도록 하지 않았다며 미네르바의 작품에 독설을 퍼부었다. 유피테르는 버릇처럼 트집만 잡는 모모스에게 화가 나서 그를 판사 자리에서 쫓아내고 올림포스 신전에서도 추방했다.

---

* 로마 신화에서 바다와 민물을 다스리는 신으로, 그리스 신화의 포세이돈에 해당한다.
** 그리스 신화에서 조롱과 풍자의 신.

253.
독수리와 여우

독수리와 여우가 친해져서 서로 가까운 곳에 살기로 했다. 독수리는 높은 나뭇가지에 둥지를 틀었고, 여우는 나무 아래 덤불로 들어가 새끼를 낳았다. 이렇게 가까이 살기로 한 지 얼마 지나지 않아, 독수리는 새끼에게 줄 먹이를 구하러 내려갔다가 여우가 자리를 비운 사이 새끼 여우 하나를 낚아채서 둥지로 돌아와 새끼들과 함께 먹었다. 집에 돌아온 여우는 무슨 일이 일어났는지 알았지만, 새끼의 죽음보다도 독수리에게 복수할 수 없는 무력감에 더욱 괴로워했다. 하지만 곧 독수리에게 정당한 응징이 내려졌다. 독수리는 마을 사람들이 염소를 바친 제단 근처를 맴돌다 재빨리 내려가 살점을 낚아채 둥지로 돌아왔다. 그런데 고기에 붙어 있던 불씨가 세찬 바람에 불꽃으로 번졌고, 그 바람에 아직 깃털도 온전히 자라지 않은 힘없는 새끼 독수리들은 둥지에서 불에 타 나무 아래로 떨어져 죽고 말았다. 그러자 여우는 독수리가 지켜보는 앞에서 새끼 독수리들을 먹어치웠다.

254.

인간과 사티로스

어떤 사람과 사티로스*가 우정을 맺은 기념으로 함께 술을 마셨다. 어느 추운 겨울날, 둘이서 이야기를 나누는데, 사람이 손가락을 입에 가져다대고 후후 불었다. 사티로스가 이유를 묻자 사람은 손이 너무 차가워서 데우느라 입김을 분 것이라고 말해주었다. 같은 날, 시간이 흘러서 함께 식사하려고 자리에 앉았는데, 음식이 너무 뜨거웠다. 사람은 그릇을 입 쪽으로 조금 들어올려서 후 불었다. 사티로스가 다시 이유를 묻자, 사람은 음식이 너무 뜨거워 식히려고 불었다고 말했다. 그러자 사티로스가 이렇게 말했다. "더는 자네를 친구로 여길 수 없겠네. 같은 입김으로 뜨겁게도 하고 차갑게도 하는 녀석이라니."

---

* 그리스 신화에 나오는 숲의 정령으로, 반인반수의 모습이다.

255.
당나귀와 당나귀를 사려는 사람

당나귀를 사려는 사람이 당나귀 주인과 의논해서 사기 전에 먼저 당나귀를 시험해 보기로 했다. 그는 당나귀를 집으로 데려가 다른 당나귀가 있는 마구간에 함께 두었다. 새로 온 당나귀는 다른 당나귀는 모두 제쳐두고 곧장 가장 게으르고 먹성 좋은 당나귀에게 갔다. 이 모습을 본 사람은 당나귀에게 굴레를 씌워 주인에게 다시 데려갔다. 주인이 어떻게 이렇게 짧은 시간에 시험을 마쳤는지 물었더니, 그 사람은 이렇게 대답했다. "시험해 볼 필요도 없었습니다. 어차피 친구로 고른 녀석과 똑같을 테니까요."

친구를 보면 그가 어떤 사람인지 알 수 있다.

256.
자루 두 개

　고대의 전설에 따르면 사람은 누구나 두 개의 자루를 목에 매달고 세상에 태어난다. 앞쪽에 매달린 자루에는 이웃의 잘못이 가득 들어 있고, 뒤에 매달린 자루에는 자신의 잘못이 채워져 있다. 그래서 사람은 남의 잘못은 빨리 보면서 자신의 잘못은 보지 못하는 것이다.

257.
연못가의 수사슴

 더위에 지친 수사슴이 물을 마시러 연못에 갔다. 물에 비친 자신의 모습을 본 사슴은 이리저리 멋지게 뻗은 자신의 뿔에 감탄했다. 하지만 다리가 너무 가늘고 약한 것에는 화가 났다. 그렇게 제 모습을 감상하고 있을 때 사자가 연못에 나타나 사슴을 덮치려고 몸을 웅크렸다. 사슴은 곧바로 달아났다. 있는 힘을 다해 빨리 달리면 평평하고 탁 트인 들판에서는 사자와 안전한 거리를 유지하는 게 어렵지 않았다. 하지만 숲에 들어서자 뿔이 나뭇가지에 걸렸고, 그 틈에 사자가 재빨리 다가와 사슴을 잡아버렸다. 뒤늦게 사슴은 자신을 꾸짖었다. "이런 딱한 신세라니! 내 모습에 내가 속아 넘어갔구나! 날 살릴 수도 있었던 이 다리를 무시하고, 날 죽음으로 몰아넣은 이 뿔만 자랑스러워하다니!"

258.
갈까마귀와 여우

거의 굶어 죽을 지경인 갈까마귀가 제철이 아닌데도 열매를 맺은 무화과나무에 앉았다. 갈까마귀는 무화과가 익기를 바라며 기다렸다. 오랫동안 그 자리에 앉아 있던 갈까마귀를 본 여우가 자초지종을 듣고는 이렇게 말했다. "안타깝게도 헛된 희망에 속고 있군요. 간절한 희망에 빠져 속아 넘어갔지만, 결국에는 아무런 결실도 맺지 못할 헛된 기대일 뿐이에요."

259.
아버지를 묻은 종달새

고대의 전설에 따르면 종달새는 지구가 생기기도 전에 창조되었다. 그래서 아버지 종달새가 숨을 거두었을 때는 땅이 없어서 묻을 곳을 찾을 수가 없었다. 종달새는 닷새 동안 아버지를 묻지 못한 채 그냥 눕혀두었고, 엿새째가 되자 달리 방법을 찾지 못한 종달새는 자신의 머리에 아버지를 묻었다. 그렇게 하여 종달새는 머리에 갓털을 얻게 되었는데, 이를 흔히 아버지 종달새의 무덤 언덕이라고들 한다.

젊은이의 첫 번째 의무는 부모를 공경하는 것이다.

260.
모기와 황소

모기가 황소의 뿔에 앉아 오랫동안 머물렀다. 모기가 막 날아가려다가 앵앵거리는 소리를 내며 황소에게 자신이 가도 괜찮은지 물었다. 그러자 황소가 대답했다. "네가 온 줄도 몰랐으니, 네가 가도 아쉬울 건 없겠지."

제 눈에는 자신이 중요해 보여도
남의 눈에는 그렇지 않을 수 있다.

261.
어미 개와 새끼들

출산이 임박한 어미 개가 양치기에게 새끼 낳을 장소를 내어달라고 간청했다. 양치기가 부탁을 들어주자, 어미 개는 같은 자리에서 새끼들을 키울 수 있게 해달라고 다시 부탁했다. 양치기는 이번에도 허락해주었다. 하지만 이제 새끼들이 다 자라서 제 몸을 지킬 수 있게 되자 어미 개는 새끼들을 거느리고, 이 자리는 자신들만 쓸 수 있다고 주장하며 양치기가 얼씬도 하지 못하게 막았다.

262.
개와 소가죽

굶주린 개가 강물에 담가둔 소가죽 여러 장을 발견했다. 소가죽을 잡을 수 없었던 개는 강물을 다 마셔버리기로 했다. 하지만 소가죽에 닿으려면 한참이나 남았는데도, 이미 물을 너무 많이 마셔서 배가 터져버렸다.

될 법하지 않은 일은 시작도 하지 마라.

263.
양치기와 양

양치기가 양 떼를 몰고 숲으로 갔다. 숲에는 도토리가 잔뜩 열린 보기 드물게 큰 참나무가 있었다. 양치기는 나뭇가지 아래에 망토를 펼쳐놓고 나무에 올라가 가지를 흔들어 도토리를 떨어뜨렸다. 그런데 양들이 도토리를 먹으면서 무심코 밟는 바람에 망토가 해어지고 찢어졌다. 양치기가 내려와 그 모습을 보고는 이렇게 말했다. "이런 배은망덕한 녀석들 같으니! 너희는 다른 사람들 옷 만들 털은 잘만 내어주면서, 정작 너희를 먹여 살리는 내가 입는 옷은 망가뜨리는구나."

264.
메뚜기와 부엉이

밤에 사냥하고 낮에 자는 데 익숙한 부엉이가 메뚜기 소리 때문에 잠을 이룰 수 없었다. 부엉이는 메뚜기에게 제발 울음을 멈춰 달라고 간절히 부탁했다. 메뚜기는 울음을 그치기는커녕 부엉이가 애원할수록 더 요란하게 울어댔다. 부엉이는 메뚜기가 자기 말을 무시한다는 걸 알게 되자, 메뚜기에게 앙갚음을 하려고 꾀를 내었다. 부엉이는 메뚜기에게 이렇게 말했다. "네 노래가 아폴로의 수금 소리처럼 감미로워서 내가 잠을 잘 수가 없단다. 그러니 팔라스*가 얼마 전에 준 넥타르**나 실컷 마셔야겠어. 넥타르를 싫어하지 않는다면 와서 같이 마시자." 마침 목이 말랐던 메뚜기는 부엉이의 칭찬에 기분이 좋아져서 기꺼이 날아갔다. 그때 부엉이가 굴에서 나와 메뚜기를 잡아 죽였다.

---

* 아테나 여신의 별칭.
** 그리스 신화에서 신들이 마시는 술.

265.
원숭이와 낙타

숲에 사는 동물들이 성대한 연회를 열었다. 그 자리에 원숭이가 나서서 춤을 추었다. 동물들을 무척 즐겁게 해준 원숭이는 박수갈채를 받으며 자리에 앉았다. 원숭이가 받은 찬사가 부러웠던 낙타는 관객들의 관심을 자신에게 돌리려고 자기 차례가 되자 일어나서 춤을 추겠다고 했다. 하지만 낙타가 너무 어설프고 우스꽝스러운 몸짓으로 돌아다니는 바람에 동물들은 화가 나서 몽둥이를 휘둘러 연회에서 쫓아내버렸다.

자기보다 더 뛰어난 자를 흉내만 내는 것은 우스운 짓이다.

266.
농부와 사과나무

농부의 정원에 사과나무가 한 그루 있었다. 사과나무는 열매는 맺지 않고, 오직 참새와 메뚜기의 보금자리 노릇만 했다. 농부는 사과나무를 베어내기로 하고 도끼를 들어 뿌리를 향해 힘차게 내리쳤다. 메뚜기와 참새는 자기들을 보호해 주는 나무를 베지 말아달라고 간청했다. 그들은 농부에게 노래를 불러 수고를 덜어주겠다고 했지만, 농부는 아랑곳하지 않고 도끼를 두 번, 세 번 휘둘렀다. 그러다가 나무 속 빈 곳에서 꿀이 가득한 벌집을 발견했다. 벌꿀을 맛본 농부는 도끼를 던져버리고, 나무를 신성하게 여기며 극진히 돌보았다.

어떤 사람들은 오직 자기 이익을 위해서만 움직인다.

267.
두 병사와 강도

병사 두 명이 함께 길을 가다가 강도를 만났다. 한 명은 달아났고, 다른 한 명은 도망치지 않고 버티면서 튼튼한 오른손으로 맞섰다. 마침내 강도가 쓰러지자 겁을 먹고 도망쳤던 병사가 달려와 칼을 뽑더니 여행용 망토를 뒤로 홱 젖히며 말했다. "내가 상대해주지. 네놈이 누구를 건드린 건지 똑똑히 알게 해주겠어." 강도와 싸운 병사가 이 말을 듣고 이렇게 답했다. "네가 아까 도와줬더라면 좋았을 텐데…. 그냥 말뿐이었다고 해도 그 말을 듣고 진심이라고 생각해 더 용기를 냈을 거야. 그러니 이제는 칼은 칼집에 넣어두고, 그 칼만큼 쓸모없는 혀도 그만 놀려. 너를 모르는 사람을 만나서 속이든가 해. 나는 네가 얼마나 잽싸게 도망치는지 이미 본 터라 네 용기는 믿을 게 못 된다는 걸 잘 알거든."

268.
신에게 보호받는 나무

고대의 전설에 따르면 신들은 저마다 각별히 보호해 줄 나무를 선택했다고 한다. 유피테르는 참나무, 베누스*는 도금양나무, 아폴로는 월계수, 키벨레**는 소나무, 헤라클레스는 포플러를 골랐다. 미네르바는 신들이 왜 과실이 열리지 않는 나무들만 골랐는지 궁금해하며 이유를 물었다. 유피테르는 이렇게 대답했다. "우리가 열매를 탐내는 것처럼 보일까 봐 그런 거지." 그러자 미네르바가 말했다. "누가 뭐라고 해도 올리브나무는 그 열매 때문에 더 소중한데요." 유피테르가 이어서 말했다. "내 딸아, 과연 네가 현명하다는 소리를 들을 만하구나. 우리가 하는 일이 열매처럼 유용하지 않다면, 영예가 다 무슨 소용 있겠느냐."

---

* 로마 신화에서 미와 사랑의 여신으로, 그리스 신화의 아프로디테에 해당한다.
** 그리스 신화에 나오는 프리기아 지역에서 숭배되던 여신.

269.
어머니와 늑대

굶주린 늑대가 아침부터 먹이를 찾아 어슬렁거렸다. 늑대는 숲에 지어진 어느 오두막 앞을 지나가다 어머니가 아이에게 말하는 소리를 들었다. "조용히 하지 않으면 창밖으로 던져버릴 거야. 그러면 늑대가 와서 잡아먹을걸." 늑대는 온종일 문 앞에 앉아 기다렸다. 저녁이 되자 그 어머니가 이번에는 아이를 달래며 이렇게 말

했다. "이제 얌전하구나. 늑대가 오면 우리가 죽여야지." 늑대는 이 말을 듣고 추위와 굶주림에 헐떡이며 집으로 돌아왔다. 굴에 도착하자 암컷 늑대가 왜 평소와 다르게 아무것도 먹지 않고 기진맥진해서 돌아왔는지 물었다. 그러자 늑대가 대답했다. "나 원 참! 내가 여자 말을 믿었기 때문이지!"

270.
당나귀와 말

당나귀가 말에게 먹이를 조금만 남겨달라고 부탁했다. 말은 이렇게 대답했다. "그래, 내가 지금 먹어보고 남는 게 있으면 나의 훌륭한 품격을 생각해서 너에게 줄게. 그리고 저녁에 마구간 내 자리로 돌아가면 보리가 가득 찬 자루를 줄게." 그러자 당나귀가 이렇게 대꾸했다. "고마워. 하지만 지금 당장 조금도 남겨주지 않는 네가 나중에 더 큰 걸 베풀 거라는 생각은 들지 않는군."

271.
진실과 여행자

사막을 여행하는 나그네가 실의에 빠진 채 홀로 서 있는 여자를 만났다. 나그네가 여자에게 물었다. "당신은 누구신가요?" "내 이름은 진실이에요." 여자가 대답했다. "그런데 어쩐 일로 도시를 떠나 이런 황무지에 혼자 계신가요?" 나그네가 묻자 여자가 대답했다. "예전에는 거짓이 몇몇 사람과만 함께했지만, 지금은 모든 사람과 함께하기 때문이에요."

272.
살인자

어떤 사람이 살인을 저지르고, 그의 손에 죽은 사람의 가족에게 쫓기고 있었다. 그가 나일강에 다다랐을 때, 기슭에 사자가 있는 것을 보고는 몹시 두려워하며 나무 위로 올라갔다. 그런데 나무 위쪽 가지에 뱀이 있었고, 다시 겁에 질린 그는 강물로 뛰어들었다. 그러자 강에 있던 악어가 그를 잡아먹었다. 이처럼 땅과 하늘과 물이 하나같이 살인자의 피난처가 되기를 거부했다.

273.
사자와 여우

여우가 사자에게 하인이 되어주겠다고 제안하며 협력 관계를 맺었다. 둘은 각자의 천성과 능력에 맞게 적절한 임무를 맡았다. 여우는 먹이를 발견해 알려주었고, 사자는 먹잇감을 덮쳐서 잡았다. 얼마 지나지 않아 여우는 사자가 늘 가장 좋은 몫을 차지하는 것에 질투가 나기 시작했고, 그래서 더는 먹잇감을 찾아주지 않고 자신이 직접 잡겠다고 말했다. 다음 날 여우가 우리에서 양을 낚아채려 했지만, 오히려 그 자신이 사냥꾼과 사냥개의 사냥감이 되고 말았다.

274.
사자와 독수리

하늘을 날던 독수리가 사자에게 서로 이득이 되도록 동맹을 맺자고 했다. 사자는 이렇게 대답했다. "나는 반대하지 않지만, 네 선의에 대한 보증을 요구할 수밖에 없으니 이해해 줘. 너는 언제든 내키는 대로 합의를 깨고 날아가버릴 수 있는데, 어떻게 친구로 믿을 수 있겠어?"

믿기 전에 먼저 시험해 보라.

275.
암탉과 제비

암탉이 독사의 알을 발견하고는 조심스럽게 품어 부화시켰다. 암탉이 한 일을 지켜본 제비가 이렇게 말했다. "어리석기 짝이 없구나! 왜 독사의 알을 품어 부화시킨 거야? 새끼가 자라면 너부터 시작해서 모두에게 해를 입힐 텐데!"

276.
어릿광대와 촌부

　부유한 귀족이 무료로 극장을 개방하고는, 누구든 새로운 오락거리를 고안해내는 사람에게 후하게 보상하겠다고 공고했다. 여러 공연자들이 상을 두고 다투었다. 그들 중에는 사람들 사이에서 농담으로 유명한 어릿광대도 있었다. 어릿광대는 어떤 무대에서도 선보인 바 없는 공연을 준비했다고 말했다. 이 소식이 전해지자 큰 기대를 불러모았고, 극장은 구석구석 사람들로 가득 찼다. 어릿광대는 아무런 도구나 보조자 없이 무대에 혼자 나타났다. 관객들은 기대감으로 숨을 죽였다. 어릿광대가 갑자기 고개를 가슴 쪽으로 숙이더니 아기 돼지가 꿀꿀대는 소리를 놀랍도록 잘 따라 해서, 관객들이 그의 외투 속에 틀림없이 돼지가 숨어 있으니 확인해 봐야 한다고 요구할 정도였다. 하지만 외투를 털어보아도 아무것도 나오지 않자, 관객들은 어릿광대에게 환호하며 열화와 같은 박수를 보냈다. 관객들 틈에서 이 모든 것을 지켜보던 촌부가 이렇게 말했다. "헤라클레스여, 도와주세요. 틀림없이 제가 더 잘할 수 있어요!" 그는 내일 자신도 똑같은 재주를 선보이되, 더 자연스럽게 하겠다고 공언했다. 다음 날이 되자 훨씬 더 많은 사람이 극장에 모였다. 다만 이번에는 어릿광대를 좋아하는 사람이 대부분이라, 공연을 보러 왔다기보다는 촌부를 조롱하려고 온 것이었다. 두 공연자가 모두 무대에 올랐다. 어릿광대는 먼저 돼지가 꽥꽥거리는 소리를 냈고, 전날과 마찬가지로 관중들의 환호와 박수를 받았다. 다음으로 촌부가 공연을 시작했다. 그는 마치 연기를 하는 것처럼 새끼 돼지를 옷 속에 숨기는 척했지만, 실제로도 관객들 몰래 돼지를 숨겨놓고는 귀를 잡아당겨 울음소리를 내게 했다. 그러나 관객들은 한목소리로 어릿광대가 훨씬 더 똑같이 흉내를 냈다면서 촌부를 쫓아내라고 아우성쳤다. 그러자 촌부가 외투 안에서 새끼 돼지를 꺼내 들고 관객들이 얼마나 큰 오해를 했는지 가장 확실한 증거를 보여주었다. "이걸 보세요. 여러분이 어떤 심판인지 알려주는군요."

277.
까마귀와 뱀

먹이가 급했던 까마귀가 햇살 드는 구석에서 자고 있는 뱀을 보고는 날아가 탐욕스럽게 움켜잡았다. 그러자 뱀이 몸을 돌려 까마귀를 물어 치명상을 입혔다. 절망스럽게 죽어가던 까마귀가 이렇게 외쳤다. "이토록 불운할 수가! 횡재로 생각했던 것이 내 파멸의 원천이 되다니!"

278.
사냥꾼과 말 탄 사람

어떤 사냥꾼이 토끼를 올가미로 잡아 어깨에 걸고 집으로 향했다. 가던 길에 말 탄 사람이 토끼를 사고 싶다고 말하며 토끼를 건네받았다. 하지만 말 탄 사람은 토끼를 받자마자 빠르게 말을 달려 도망가 버렸다. 사냥꾼은 마치 따라잡을 수 있을 것처럼 뒤쫓아 달렸지만, 말 탄 사람은 점점 더 멀어졌다. 사냥꾼은 어쩔 수 없이 그를 향해 소리쳤다. "어서 꺼져라! 토끼는 선물로 주마."

279.
왕의 아들과 사자 그림

어느 왕에게 무예를 좋아하는 외아들이 있었다. 왕은 꿈에서 아들이 사자에게 죽을 거라는 경고를 받았다. 꿈이 현실이 될까 두려웠던 왕은 아들을 위해 쾌적한 궁전을 짓고 온갖 동물을 실물 크기로 그려넣어 벽을 장식했다. 그중에는 사자 그림도 있었다. 젊은 왕자가 그 그림을 보고는 궁전에 갇힌 슬픔이 새삼 치밀어 올라 사자 옆에 서서 이렇게 말했다. "누구보다 가증스러운 동물이여! 아버지가 잠결에 본 거짓된 꿈 때문에, 바로 너 때문에 여자아이처럼 이 궁전에 갇히다니! 이제 내가 너를 어떻게 해야 하는 건가?" 이 말과 함께 왕자는 가시나무 쪽으로 두 손을 뻗었다. 가지를 꺾어 사자를 때릴 작정이었다. 그러다 가시에 손가락이 찔려 무시무시한 통증과 염증이 생겼고, 젊은 왕자는 실신하고 말았다. 곧 열이 치솟았고, 며칠 지나지 않아 왕자는 목숨을 잃었다.

시련을 피하기보다는 용감하게 견뎌내는 편이 낫다.

280.
고양이와 비너스

잘생긴 청년을 사랑하게 된 고양이가 비너스에게 자신을 여자의 모습으로 바꾸어달라고 간청했다. 비너스는 부탁을 들어주어 고양이를 아름다운 아가씨로 변신시켰다. 청년은 그녀를 보자 사랑하게 되었고, 신부로 맞아들였다. 두 사람이 방에서 편하게 누워 있는데, 비너스는 고양이가 모습이 바뀌면서 습성도 바뀌었는지 알아보려고 방 한가운데에 쥐를 내려보냈다. 그러자 고양이는 자신의 모습을 잊고 소파에서 벌떡 일어나 쥐를 쫓아가 잡아먹으려 했다. 비너스는 이 모습에 실망해서 고양이를 다시 본모습으로 돌려놓았다.

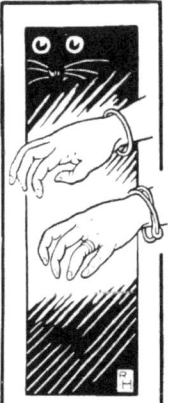

본성이 교육을 능가한다.

281.
암염소와 턱수염

암염소가 유피테르에게 간청해 턱수염을 얻었다. 숫염소는 몹시 불쾌해하며 암컷이 자신과 동등한 품위를 갖게 되었다고 불평했다. 그러자 유피테르가 말했다. "그냥 놔두거라. 헛된 명예를 즐기고 더 고귀한 성별의 상징을 얻는다 한들, 어차피 그들은 힘이나 용맹함에서 너희와 동등할 수 없지 않느냐."

나보다 자격이 없는 자가 겉보기로만 나와 비슷하다고 해도 문제가 되지 않는다.

282.
낙타와 아랍인

낙타를 모는 아랍인이 낙타 등에 짐을 모두 실은 뒤 낙타에게 언덕을 올라가는 게 좋은지 내려가는 게 좋은지 물었다. 가여운 낙타는 뭔가를 안다는 듯 이렇게 되물었다. "그런 건 왜 묻는 거예요? 그럼 사막에서 평지로 가는 길은 막혔다는 거네요?"

283.
방앗간 주인과 아들, 그리고 당나귀

　방앗간 주인과 그의 아들이 당나귀를 몰고 이웃 마을 시장으로 팔러 갔다. 얼마 가지 않아 우물가에 모인 여자들이 비웃으며 이야기했다. "저기 좀 봐. 당나귀를 탈 수 있는데 걸어서 가다니, 저런 사람 본 적 있어?" 그들 중 하나가 이렇게 외치는 소리를 들은 방앗간 주인이 재빨리 아들을 당나귀에 태우더니 그 옆에서 아무 생각 없이 계속 걸어갔다. 멀리 가지 않아 그들은 열심히 논쟁 중인 노인들과 마주쳤다. "저기 봐라. 내가 뭐랬어? 요즘에는 늙은이에게 어떻게 존경심을 표하지? 늙은 아버지는 걷고 있는데, 젊은 놈이 게을러서는 나귀를 타고 있는 게 보이나? 내려와라, 이 젊은 망나니 놈아! 어르신이 지친 팔다리를 쉴 수 있게 해드려야지." 노인 하나가 이렇게 말하자, 방앗간 주인은 아들을 내려오게 하고 자신이 올라탔다. 다시 얼마 가지 못해서, 이번에는 아이들과 함께 있는 여자들을 만났다. "이런 게으른 노인 같으니라고. 저 불쌍한 어린아이가 옆에서 간신히 따라가고 있는데, 어떻게 당나귀를 타고 갈 수 있는 거지?" 여럿이 한꺼번에 외치는 소리에 마음씨 좋은 방앗간 주인은 곧바로 아들을 뒤에 태웠다. 어느덧 그들은 마을에 거의 다다랐다. 그때 한 주민이 물었다. "이봐요, 이 당나귀 주인인가요?" 방앗간 주인이 그렇다고 대답하자, 다른 사람이 이렇게 말했다. "아,

그런 줄 몰랐어요. 당나귀가 너무 힘에 겨워 보여서 말이에요. 당나귀가 두 사람을 태우고 가는 것보다는 두 사람이 저 불쌍한 당나귀를 들고 가는 게 낫지 않겠어요?" "뭐든 원하는 대로 해 보죠." 방앗간 주인은 이렇게 대답하고는 아들과 함께 당나귀에서 내려, 당나귀의 다리를 묶어 장대에 걸고는 그 장대를 어깨에 메고 마을 어귀에서 다리를 건너려고 했다. 그러자 이 우스꽝스러운 광

경을 보기 위해 사람들이 모여들더니 비웃기 시작했다. 결국 떠들썩한 소리와 이상하게 실려 가는 방식이 마음에 들지 않았던 당나귀는 묶여 있던 줄을 끊고 장대에서 떨어져 강에 빠져버렸다. 이 일로 화가 나고 부끄러웠던 방앗간 주인은 가능한 한 빨리 집으로 돌아왔다. 그는 모든 사람을 만족시키려다가 아무도 만족시키지 못하고, 결국 당나귀마저 잃고 말았다는 사실을 확실히 깨달았다.

284.
까마귀와 양

 골칫거리 까마귀가 양의 등에 앉아 있었다. 양은 본의 아니게 한참 동안 까마귀를 이리저리 태우고 다니다가 결국 이렇게 말했다. "개한테 이런 식으로 굴었다가는 날카로운 이빨로 앙갚음을 당했을 거야." 이 말을 들은 까마귀가 대답했다. "나는 약한 자를 무시하고 강한 자에게는 복종해. 누구를 괴롭혀도 되는지, 누구에게 아첨해야 하는지 잘 알지. 그런 식으로 수명을 늘려온 거야."

285.
여우와 가시덤불

여우가 산울타리를 올라가다가 발을 헛디뎠는데, 가시덤불을 붙잡아서 겨우 목숨을 건졌다. 하지만 발바닥이 가시에 찔리고 심하게 찢어져버렸다. 여우는 가시덤불에 도움을 받으려다가 오히려 산울타리에 있을 때보다 더 푸대접을 받았다고 불평했다. 가시덤불은 여우의 말에 끼어들어 이렇게 말했다. "그런데 너도 나를 붙잡을 정도였으니 제정신이 아니었던 게지. 늘 다른 데 매달리는 나한테 달라붙을 생각을 하다니 말이야."

286.
늑대와 사자

늑대가 우리에서 양을 훔쳐 자신의 굴로 가져가고 있었다. 가는 길에 사자가 나타나더니 양을 낚아채서 가져가버렸다. 늑대는 안전하게 멀찌감치 서서 외쳤다. "내 건데 네가 부당하게 가져간 거야!" 이 말에 사자가 비웃으며 대꾸했다. "원래부터 정정당당하게 네 것이었다고? 친구가 선물로 주기라도 했니?"

287.

개와 굴

가끔 달걀을 먹곤 했던 개가 굴을 보고는 달걀로 착각해 입을 한껏 크게 벌려 맛있게 꿀꺽 삼켰다. 곧 배가 몹시 아파왔던 개는 이렇게 말했다. "이런 고통을 당해도 싸지. 둥그런 것은 전부 달걀이라고 생각한 내 어리석음 탓이니까."

충분히 생각하지 않고 행동하다가는
예기치 못한 위험에 빠질 수 있다.

288.
개미와 비둘기

개미가 목이 말라 강기슭으로 갔다가 물살에 휩쓸려 익사할 위기에 처했다. 물 위로 가지를 뻗은 나무에 앉아 있던 비둘기가 나뭇잎을 한 장 뜯어서 개미 가까이에 떨어뜨려 주었다. 개미는 나뭇잎으로 기어 올라가 무사히 기슭까지 떠내려왔다. 얼마 후에 새 사냥꾼이 와서는 나무 아래에 서 있다가 나뭇가지에 앉아 있는 비둘기를 잡으려고 새 잡는 끈끈이 덫을 놓았다. 사냥꾼의 의중을 알아챈 개미가 발을 쩔렀다. 사냥꾼은 고통스러워하며 끈끈이 덫을 떨어뜨렸고, 그 소리에 비둘기가 날아갔다.

289.
자고새와 새 사냥꾼

　새 사냥꾼이 자고새를 잡아서 막 숨통을 끊어놓을 참이었다. 자고새는 목숨만 살려달라고 간청하며 이렇게 말했다. "주인님, 제발 살려주시면 보답으로 다른 자고새를 많이 유인해 올게요." 새 사냥꾼은 이렇게 답했다. "네가 친구와 가족을 배신하는 대가로 목숨을 구하겠다는 걸 보니 오히려 가책을 덜 느끼고 널 죽일 수 있겠구나."

290.

벼룩과 사람

벼룩 때문에 짜증스러워하던 사람이 마침내 벼룩을 잡아 이렇게 말했다. "너는 누구길래 내 팔다리에서 배를 채우고 너를 잡는 데 이렇게 고생하게 만드는 거냐?" 그러자 벼룩이 대답했다. "아이고, 선생님! 부디 목숨만 살려주시고, 저를 해치지 마세요. 제가 선생님께 해를 끼쳐봤자 얼마나 끼치겠습니까?" 그 사람은 웃으며 대답했다. "이제 너는 확실히 내 손으로 죽여주마. 크든 작든 악은 처단해야 하니까."

291.

도둑과 수탉

어느 집에 침입한 도둑이 아무것도 발견하지 못하고 수탉 한 마리만 훔쳐서 재빨리 달아났다. 집에 도착한 도둑은 수탉 잡을 준비를 했고, 수탉은 살려달라고 애원했다. "부디 살려주세요. 저는 사람에게 아주 유용해요. 밤에 일하러 갈 수 있게 깨워드릴 수 있거든요." "바로 그 점 때문에 우리가 너를 죽여야 하는 거야. 네가 이웃들을 깨우면 우리 일이 완전히 끝장나는 셈이니까."

선을 지키는 호위병은 악인의 미움을 산다.

292.
개와 요리사

어느 부자가 연회를 성대하게 열고 친구와 지인을 여러 명 초대했다. 부자가 기르는 개도 이 기회를 이용해 자신의 친구를 초대했다. "우리 주인이 연회를 여는데, 늘 음식이 많이 남거든. 오늘 밤에 와서 같이 먹자." 초대받은 개는 약속한 때에 맞춰 찾아와 성대하게 준비된 연회를 보고 기뻐하며 말했다. "오길 잘했어! 이런 기회는 흔치 않지. 내일까지 배부르게 지낼 만큼 충분히 먹어둘 거야." 초대받은 개가 즐거워하며 꼬리를 흔들어 친구에게 기쁜 마음을 전하는 사이, 요리사가 음식들 사이로 이리저리 오가는 개를 보았다. 요리사는 개의 앞발과 뒷발을 붙잡아 앞뒤 생각하지 않고 창밖으로 던져 쫓아버렸다. 개는 바닥에 세게 떨어져 고통스럽게 울부짖다가 절뚝거리며 사라졌다. 울음소리를 들은 거리의 개들이 몰려와서는 그 개에게 연회를 어떻게 즐겼는지 묻자 이렇게 대답했다. "솔직히 말하면 포도주를 너무 많이 마셔서 아무것도 기억나지 않아. 그 집에서 어떻게 나왔는지도 모르겠다니까."

293.
여행자와 플라타너스

한여름 뙤약볕에 지친 여행자 두 사람이 한낮에 드넓게 가지를 뻗은 플라타너스 아래에 누워 있었다. 나무 그늘에서 쉬는 동안 한 사람이 다른 사람에게 이야기했다. "이 플라타너스는 유난히 쓸모가 없군! 과실이 열리지도 않고 사람에게 눈곱만큼도 도움이 되지 않아." 플라타너스가 그 말을 듣고 끼어들어 말했다. "이런 배은망덕한 자들 같으니! 내 그늘에 누워 내게 은혜를 입으면서도 감히 나에게 쓸모없고 무익하다고 말하는 거냐?"

어떤 사람은 최고의 축복도 업신여긴다.

294.
토끼와 개구리

극도의 소심함에 억눌리고, 끝없는 두려움에 시달리며 살던 토끼들이 다같이 목숨을 끊어 고통을 끝내기로 했다. 그들은 높은 절벽에서 깊은 호수로 뛰어들 작정이었다. 이 결심을 실천하기 위해 한꺼번에 많은 토끼가 빠르게 달려가자 호숫가에 있던 개구리들이 발소리를 듣고는 허둥지둥 깊은 물로 몸을 피했다. 빠르게 사라지는 개구리를 본 토끼 하나가 동료들에게 이렇게 외쳤다. "얘들아, 기다려봐. 우리 이러지 말자. 이제 우리보다 더 겁 많은 녀석이 있다는 걸 알았잖아."

295.
사자와 유피테르와 코끼리

사자는 잦은 불평으로 유피테르를 지치게 했다. "정말이지 유피테르여! 나는 이렇게 힘도 세고 몸집도 당당하고 공격도 강력하게 합니다. 이빨이 튼튼한 턱과 발톱이 달린 발이 있어, 숲에 사는 모든 동물을 지배하고요. 그런데 이런 내가 수탉 울음소리에 왜 겁을 먹어야 하는지 정말 수치스럽습니다." 사자의 말에 유피테르가 이렇게 대답했다. "왜 이유도 없이 나를 탓하는가? 내가 가진 모든 자질을 너에게 주었고, 딱 이거 하나만 빼면 너의 용기는 부족한 적이 없었다." 이 말을 들은 사자는 끙끙거리며 한탄했고, 겁쟁이가 된 자신을 자책하며 차라리 죽고 싶다고 생각했다. 이런 생각들이 머릿속을 스쳐 지나던 중에 사자는 코끼리를 만나 가까이에서 대화를 나누게 되었다. 얼마 후에 사자는 코끼리가 귀를 자주 흔드는 것을 보고, 무슨 까닭에서 그렇게 자주 귀를 움직이는지 물었다. 바로 그때 모기가 코끼리 머리에 내려앉았고, 코끼리는 이렇게 대답했다. "이 작은 벌레 보이지? 이게 내 귀로 들어가면 내 운명은 끝나는 거야. 당장 죽게 돼." 그 말을 들은 사자가 생각했다. "이렇게 덩치 큰 동물도 작디작은 모기를 두려워하는데, 나는 이제 더는 불평하지 않아야겠다. 죽고 싶다는 생각도 하지 말아야지. 나는 지금 이대로도 코끼리보다 낫구나."

296.

새끼 양과 늑대

늑대가 새끼 양을 쫓아갔다. 양은 어떤 신전으로 도망쳐 몸을 숨겼다. 늑대는 양을 부르며 이렇게 말했다. "사제에게 잡히면 목숨을 잃고 제물로 바쳐질 거야." 이 말을 들은 양이 대꾸했다. "당신에게 잡아먹히느니 신전의 제물로 바쳐지는 게 낫지요."

297.

부자와 무두장이

어느 부자가 무두장이 근처에 살았는데, 무두질 공장에서 나오는 불쾌한 냄새를 참지 못해 무두장이에게 떠나라고 협박했다. 무두장이는 이사를 계속 미루면서 곧 떠나겠다고만 했다. 하지만 무두장이는 계속 그곳에 머물렀고, 시간이 흐를수록 냄새에 익숙해진 부자는 아무런 불편을 느끼지 않게 되어 더는 불평하지 않았다.

298.

바다와 조난자

난파한 배에 탔던 사람이 어느 해안으로 밀려왔다. 바다에서 이리저리 흔들리며 시달린 탓에 그는 한동안 잠들어 있었다. 시간이 흘러 정신이 든 그는 바다를 바라보다가 비난을 퍼부었다. 그는 바다가 평온한 모습으로 사람을 유혹해서는, 사람들이 물속을 헤쳐가도록 유인한 뒤 갑자기 거칠어져 파멸로 이끈다고 주장했다. 바다는 여인의 모습을 하고 그에게 대답했다. "이봐요, 나를 탓하지 말고 바람을 탓해요. 나는 본래 대지처럼 평온하고 탄탄하지만 바람이 갑자기 불어 이런 파도를 일으키고 나를 성나게 만드는 거예요."

299.
노새와 강도

짐을 가득 실은 노새 두 마리가 함께 걸어가고 있었다. 한 마리는 돈이 가득한 짐 바구니를 실었고, 다른 하나는 곡식이 담긴 자루를 실었다. 돈을 실은 노새는 자기가 실은 짐의 가치를 의식하는 듯, 고개를 꼿꼿이 세우고 걸으며 목에 달린 방울을 위아래로 흔들어 맑은 소리를 냈다. 다른 노새는 조용하고 느긋하게 걸으며 그 뒤를 따르고 있었다. 별안간 숨어 있던 강도가 뛰쳐나와 그들을 덮쳤다. 주인이 강도와 실랑이를 벌이는 가운데 돈을 실은 노새가 칼을 맞아 상처를 입었다. 강도는 곡식은 본체만체하고 돈만 빼앗아 도망갔다. 돈을 빼앗기고 상처까지 입은 노새는 자신의 불행을 한탄했다. 그러자 다른 노새가 이렇게 대꾸했다. "나는 내가 이렇게 하찮게 여겨져서 다행스럽지 뭐야. 아무것도 잃지 않았고 다치지도 않았으니까."

300.
독사와 줄칼

독사가 대장간에 들어가 여러 연장 중에서 자신의 굶주림을 해결할 수단을 찾았다. 그는 특별히 줄칼에게 가서 끼니를 줄 수 있는지 물었다. 그러자 줄칼이 이렇게 대답했다. "내게서 뭐라도 얻기를 바라다니 너는 정말이지 단순한 녀석이구나. 모두에게서 빼앗고 아무것도 돌려주지 않는 것이 내 습성이거늘."

301.
사자와 양치기

사자가 숲을 어슬렁거리다가 가시를 밟았다. 그는 양치기에게 다가가 알랑거리며 꼬리를 흔들었다. 마치 "나는 간절히 도움이 필요해요."라고 말하는 것 같았다. 양치기는 용감하게 사자를 살펴보더니 가시를 발견하고는 무릎에 사자 발을 올려놓고 가시를 뽑아주었다. 고통에서 벗어난 사자는 다시 숲으로 돌아갔다. 시간이 흘러 양치기는 누명을 쓰고 감옥에 갇히게 되었고, 그가 저지른 죄에 대한 벌로 '사자에게 던져지는 처분'을 선고받았다. 우리에서 풀려난 사자는 자신을 치료해 준 양치기를 알아보고는 그를 공격하는 대신 다가가서 발을 무릎에 올려놓았다. 이 소식을 들은 왕은 곧바로 사자를 숲에 풀어주고 양치기도 사면해 친구들에게 돌려보내 주었다.

302.
낙타와 유피테르

낙타는 뿔 장식이 있는 황소를 보고 부러워서 자신도 그런 영예를 얻고 싶다고 생각했다. 그는 유피테르에게 가서 뿔을 내려달라고 간청했다. 유피테르는 그의 부탁에 화가 났다. 낙타가 자기 몸집과 힘에 만족하지 않고 더 많은 것을 바랐기 때문이다. 유피테르는 뿔을 달라는 낙타의 부탁을 거절했을 뿐 아니라 그의 귀에서 한 부분을 잘라 버리기까지 했다.

303.
태양에 불평하는 개구리

옛날에 태양이 아내를 맞이하겠다고 선언했다. 개구리가 하늘을 향해 아우성쳤다. 유피테르는 개골개골 우는 소리가 성가셔서 그들이 불평하는 까닭을 물었다. 그러자 한 개구리가 말했다. "태양이 혼자인 지금도 늪이 바싹 말라 비참하게 죽어가는 마당에, 결혼까지 해서 다른 태양을 자식으로 낳으면 앞으로 우리는 어떻게 되겠습니까?"

304.
표범과 양치기

표범이 운 나쁘게도 구덩이에 빠지고 말았다. 양치기들이 이 표범을 발견했는데, 그중 몇몇은 막대기나 돌을 던지며 공격했다. 하지만 아무도 해치지 않았는데도 이제 곧 죽을 운명에 처한 표범에게 연민을 느껴 목숨을 연장해 주려고 먹이를 던져주는 이도 있었다. 밤이 되자 양치기들이 집으로 돌아갔다. 그들은 아무 걱정 없이 내일이면 표범이 죽어 있으리라고 생각했다. 하지만 표범은 미약한 힘을 끌어모으더니 불쑥 뛰어올라 구덩이에서 벗어났고, 걸음을 재촉해 서둘러 자신의 굴로 돌아갔다. 며칠 후 표범이 다시 나타나 사납게 분노하며 소를 죽이고 자신을 공격했던 양치기들도 죽였다. 그러자 표범의 목숨을 구해줬던 양치기도 무사하지 못할까 봐 두려워 그에게 양 떼를 바치고 목숨만은 살려달라고 애원했다. 그에게 표범은 이렇게 대답했다. "내 목숨을 노리고 돌을 던졌던 자들과 나에게 먹이를 주었던 자를 모두 기억한다. 그러니 두려워하지 말라. 나는 나를 해한 자들에게만 적으로 돌아온 것이다."

305.
당나귀와 군마

당나귀가 자신은 겨우 목에 풀칠할 정도로만 먹고 힘들게 일해야 하는데, 군마는 정성껏 보살핌을 받고 먹이도 아낌없이 받는 것을 부러워했다. 그러다 전쟁이 터지자 무겁게 군장을 착용한 병사가 군마에 올라타고 적진 한가운데로 달려 들어갔다. 결국 군마는 상처를 입고 전장에서 쓰러져 죽음을 맞이했다. 이 모든 것을 보고 나서야 당나귀는 마음을 바꾸어 말을 가엾게 여기게 되었다.

306.
독수리와 포획자

독수리가 포획당해 곧바로 날개가 잘리고 다른 새들과 함께 사육장에 넣어졌다. 이런 대접을 받게 되자 독수리는 슬픔에 잠겼다. 나중에 다른 이웃이 그 독수리를 사서 깃털이 다시 자라게 해주었다. 독수리는 날아올라 토끼를 덮쳤고, 자신을 사준 은인에게 가져다주었다. 여우가 이 모습을 보더니 이렇게 소리쳤다. "지금 주인의 호감을 더 얻으려고 하지 말고, 차라리 예전 주인의 호감을 사도록 해. 그 사람이 다시 너를 사냥해서 두 번째로 날개를 잘라 버리는 일이 없도록 말이야."

307.

대머리 남자와 파리

파리가 대머리 남자의 민머리를 깨물었다. 남자는 파리를 잡으려다가 그만 자기 얼굴을 세게 때리고 말았다. 파리가 달아나며 이렇게 놀려댔다. "작은 벌레가 찌른 한 방에 복수하겠다고 죽이려 들더니, 결국 제 상처만 더했네?" 대머리 남자는 이렇게 대꾸했다. "나 자신과는 쉽게 화해할 수 있지. 나는 나를 다치게 할 의도가 없다는 걸 아니까. 하지만 너처럼 사람 피를 빨면서 즐거워하는 불쾌하고 가증스러운 벌레는 설령 내가 더 무거운 벌을 받더라도 죽이고 싶단 말이지."

308.
올리브나무와 무화과나무

올리브나무가 무화과나무를 비웃었다. 자신은 일 년 내내 초록빛인데 무화과나무는 계절에 따라 잎이 바뀌기 때문이었다. 눈이 한 차례 내려서 잎이 무성한 올리브나무 가지에 그대로 쌓이더니 무게를 이기지 못하고 가지가 부러져버렸다. 그렇게 아름다운 모습이 망가진 것은 물론이고 나무도 죽게 되었다. 하지만 무화과나무는 이미 잎이 떨어져 있어 눈은 가지 사이를 지나 땅으로 내렸고, 나무는 전혀 다치지 않았다.

309.
독수리와 솔개

슬픔에 빠진 독수리가 솔개와 함께 나뭇가지에 앉아 있었다. 솔개가 물었다. "왜 그렇게 우울한 표정이야?" 독수리가 대답했다. "내게 맞는 짝을 찾고 있는데, 도저히 찾을 수가 없어." 그러자 솔개가 말했다. "나를 선택해. 난 너보다 훨씬 강해." "네가 사냥한 먹이로 생계를 꾸릴 수 있어?" "그럼, 나는 가끔 타조도 잡아오는걸." 독수리는 이 말에 설득되어 솔개를 짝으로 맞이했다. 혼례를 치르고 얼마 후에 독수리가 말했다. "약속한 대로 날아가서 타조를 잡아다줘." 솔개는 하늘 높이 날아오르더니 생쥐 한 마리를 가지고 돌아왔다. 들판에 오래 방치되어 고약한 냄새를 풍기는 볼품없는 생쥐였다. 이를 본 독수리가 물었다. "이게 네가 한 약속을 성실하게 지키는 거야?" 솔개는 이렇게 대답했다. "너처럼 귀한 새와 결혼하기 위해서라면 어떤 약속이라도 할 수 있지. 내가 결코 지키지 못할 약속인 걸 알면서도 말이야."

310.

당나귀와 몰이꾼

 큰길을 따라가던 당나귀가 갑자기 뛰어나가더니 높은 낭떠러지 끝까지 달아났다. 당나귀가 낭떠러지 아래로 몸을 던지려는데, 주인이 꼬리를 붙잡아 뒤로 끌어당겼다. 당나귀가 좀처럼 물러서지 않자 주인이 손을 놓으며 말했다. "그래, 네 멋대로 해라. 하지만 내 손을 뿌리친 대가는 네가 치를 게다."

311.

개똥지빠귀와 새 사냥꾼

 개똥지빠귀가 도금양나무에서 열매를 먹고 있었다. 열매가 너무 맛있었던 나머지 개똥지빠귀는 그 자리에서 움직일 줄을 몰랐다. 새 사냥꾼이 한자리에 오랫동안 머무는 개똥지빠귀를 지켜보다가 새 잡는 끈끈이를 잘 바른 갈대를 이용해 잡았다. 곧 죽게 된 개똥지빠귀는 이렇게 소리쳤다. "나는 참으로 어리석구나! 잠깐 기분 좋게 먹이를 먹으려고 내 목숨을 내놓다니!"

312.
장미와 아마란스

정원에 심은 아마란스*가 가까이 있는 장미 나무에게 이렇게 말했다. "장미는 정말 아름다운 꽃이에요. 사람들도 신들도 모두 좋아하잖아요. 그런 아름다움과 향기가 부러워요." 장미가 대답했다. "아마란스여, 나는 아주 짧은 기간 동안만 꽃을 피우는 거예요. 사악한 손길이 줄기에서 나를 잡아뽑지 않는다고 해도 나는 이른 죽음을 맞을 운명이에요. 하지만 당신은 시들지 않고 영원히 언제나 싱싱하게 피어 있잖아요."

---

* 영원히 시들지 않는 전설의 꽃으로, 이 전설에서 이름을 따온 실제 아마란스는 개화 시기가 긴 1년생 식물이다.

이솝 우화집

초판 1쇄 인쇄 2025년 6월 16일
초판 1쇄 발행 2025년 6월 23일

지은이 이솝
옮긴이 서나연
펴낸이 이효원
편집인 노현주
마케팅 추미경
디자인 기린
펴낸곳 올리버
출판등록 제395-2022-000125호
주소 경기도 고양시 덕양구 삼송로 222, 101동 305호(삼송동, 현대헤리엇)
전화 070-8279-7311   팩스 02-6008-0834
전자우편 tcbook@naver.com

ISBN 979-11-94381-42-6 04080
     979-11-89550-89-9 (세트)

이 책은 저작권법에 따라 보호받는 저작물이므로 무단전재와 무단 복제를 금지하며,
이 책의 전부 또는 일부를 이용하려면 반드시 도서출판 올리버의 동의를 받아야 합니다.

* 값은 뒤표지에 있습니다.
* 잘못된 책은 구입하신 서점에서 바꾸어 드립니다.

* 도서출판 올리버는 탐나는책의 교양서 브랜드입니다.

* 본문이미지 : Richard Heighway 〈Joseph Jacobs' collection of Aesop's Fables〉

올리버 세계교양전집 목록

01 **사람을 얻는 지혜** 발타자르 그라시안 지음 | 황선영 옮김

02 **자유론** 존 스튜어트 밀 지음 | 이현숙 옮김
　　서울대, 연세대, 고려대 선정 필독 교양서

03 **명상록** 마르쿠스 아우렐리우스 지음 | 김수진 옮김
　　하버드대, 옥스퍼드대, 시카고대 선정 필독 교양서

04 **군주론** 니콜로 마키아벨리 지음 | 민지현 옮김
　　하버드대, 옥스퍼드대, 서울대 선정 필독 교양서

05 **부는 어디에서 오는가** 월러스 워틀스 지음 | 김주리 옮김

06 **데일 카네기 인간관계론** 데일 카네기 지음 | 주정자 옮김

07 **데일 카네기 성공대화론** 데일 카네기 지음 | 신예용 옮김

08 **데일 카네기 자기관리론** 데일 카네기 지음 | 도지영 옮김

09 **인간 실격** 다자이 오사무 지음 | 임지인 옮김

10 **사양** 다자이 오사무 지음 | 이재현 옮김

11 **이방인** 알베르 카뮈 지음 | 구영옥 옮김
　　1957년 노벨 문학상 수상 작가, 미국대학위원회 선정 SAT 추천도서

12 **동물 농장** 조지 오웰 지음 | 윤영 옮김
　　《타임》 선정 '20세기 100대 영문 소설', 미국대학위원회 선정 SAT 추천도서

13 **도련님** 나쓰메 소세키 지음 | 임지인 옮김
　　서울대 선정 필독 교양서

14 **자기 신뢰 · 운명 · 개혁하는 인간** 랄프 왈도 에머슨 지음 | 공민희 옮김

15 **노인과 바다** 어니스트 헤밍웨이 지음 | 서나연 옮김
　　노벨 문학상 수상 작가, 1953년 퓰리처상 수상작

16 **소크라테스의 변명 · 크리톤 · 파이돈 · 향연** 플라톤 지음 | 최유경 옮김

17 **데미안** 헤르만 헤세 지음 | 이민정 옮김
　　노벨 문학상 수상 작가, 괴테상 수상 작가, 서울대 선정 필독서

18 **1984** 조지 오웰 지음 | 주정자 옮김
　　하버드대생이 가장 많이 읽는 책 20, 서울대 지원자들이 가장 많이 읽은 책 20

19 **톨스토이 단편선** 레프 니콜라예비치 톨스토이 지음 | 민지현 옮김

20 **군중심리** 귀스타브 르 봉 지음 | 최유경 옮김
　　《르몽드》 선정, 세상을 바꾼 20권의 책

21 **유토피아** 토머스 모어 지음 | 김용준 옮김

22 **프랑켄슈타인** 메리 셸리 지음 | 윤영 옮김
미국대학위원회 선정 SAT 추천도서, 《뉴스위크》선정 세계 최고의 책 100선

23 **예언자** 칼릴 지브란 지음 | 김용준 옮김

24 **벤자민 버튼의 시간은 거꾸로 간다** F. 스콧 피츠제럴드 지음 | 이민정 옮김

25 **변신·시골 의사** 프란츠 카프카 지음 | 윤영 옮김
서울대 권장도서 100선, 미국대학위원회 선정 SAT 추천도서

26 **지킬 박사와 하이드 씨** 로버트 루이스 스티븐슨 지음 | 조진경 옮김
하버드대 신입생 권장도서, 《가디언》선정 '모든 사람이 꼭 읽어야 할 책'

27 **싯다르타** 헤르만 헤세 지음 | 최유경 옮김
노벨 문학상 수상 작가, 괴테상 수상 작가, 서울대, 연세대, 고려대 선정 추천도서

28 **젊은 베르테르의 슬픔** 요한 볼프강 폰 괴테 지음 | 민지현 옮김

29 **수레바퀴 아래서** 헤르만 헤세 지음 | 정다은 옮김
노벨 문학상 수상 작가, 괴테상 수상 작가, 국립중앙도서관 선정 청소년 권장도서

30 **햄릿** 윌리엄 셰익스피어 지음 | 홍수연 옮김

31 **위대한 개츠비** F. 스콧 피츠제럴드 지음 | 정윤희 옮김
《타임》선정 '20세기 100대 영문 소설', 미국대학위원회 선정 SAT 추천도서

32 **페스트** 알베르 카뮈 지음 | 구영옥 옮김
1957년 노벨 문학상 수상 작가, 국립중앙도서관 선정 청소년 권장도서

33 **시지프 신화** 알베르 카뮈 지음 | 신예용 옮김
1957년 노벨 문학상 수상 작가

34 **이반 일리치의 죽음** 레프 니콜라예비치 톨스토이 지음 | 정지현 옮김
노벨 연구소 선정 최고의 작품, 시카고 대학 그레이트 북스

35 **어린 왕자** 앙투안 드 생텍쥐페리 지음 | 이민정 옮김

36 **로미오와 줄리엣** 윌리엄 셰익스피어 지음 | 정지현 옮김
서울대 권장도서 100선, 미국대학위원회 선정 SAT 추천도서

37 **맥베스** 윌리엄 셰익스피어 지음 | 이현숙 옮김
서울대 권장도서 100선, 미국대학위원회 선정 SAT 추천도서

38 **체호프 단편선** 안톤 파블로비치 체호프 지음 | 홍수연 옮김
노벨연구소 선정 세계문학 100선, 1888년 푸시킨상 수상 작가

39 **오만과 편견** 제인 오스틴 지음 | 최유경 옮김
미국대학위원회 선정 SAT 추천도서, 《뉴스위크》선정 세계 최고의 책 100선

40 **여름** 이디스 워튼 지음 | 주정자 옮김
최초의 여성 퓰리처상 수상 작가, 미국 문단에서 여성의 성장을 다룬 최초의 본격 문학

41 **걸리버 여행기** 조나단 스위프트 지음 | 강경숙 옮김
디스커버리 선정 '죽기 전에 읽어야 할 책 100권'

42 **오즈의 마법사** 라이먼 프랭크 바움 지음 | 김진형 옮김

43 **키다리 아저씨** 진 웹스터 지음 | 박영민 옮김

44 **이솝 우화집** 이솝 지음 | 서나연 옮김